集英社オレンジ文庫

忘れじのK

はじまりの生誕節

辻村七子

本書は書き下ろしです。

CAPITOLO PRIMO
007

CAPITOLO SECONDO
047

CAPITOLO TERZO
079

CAPITOLO QUARTO
113

CAPITOLO QUINTO
187

EPILOGO
203

忘れじのK

はじまりの生誕節

CAPITOLO PRIMO

十月の後半になると、フィレンツェ旧市街は一気に色どりを変える。

真夏の日差しに日干し煉瓦《れんが》のオレンジ色と大理石の白色が輝く街から、長い金色の日差しと灰色の石畳《いしだたみ》が目立つ、寒々とした石の街へと。

変化してゆくたたずまいを眺めながら、ガブリエーレは感慨《かんがい》に浸っていた。ガブリエーレの実家はもっと南である。フィレンツェを頻繁《ひんぱん》に訪れたこともない。それでも、子どもの頃に歩いた街の新たな顔を知ることは、昔、ただ一度出会っただけの知り合いの、新たな顔を知ることに似ていた。

「ガビー、ごはんだよ」

「今行く」

フィレンツェの代名詞、花の聖母マリア大聖堂を間近に臨むバルコニーから、ガブリエーレは室内に返事をした。『隣部屋の住人』ともども、居住して一カ月近く経過している長期宿である。そろそろ寒くなってきたと思いつつ、気に入っていて手放せない青いカーディガンの肩を自分で抱くと、隣部屋の住人は笑った。

「だから暖かい服にしろって言ったのに」

「外で少し冷えるのだって、スープのスパイスみたいなものだ」

「医者の不養生だなあ……」

「俺は医者じゃなくて、医者の『なりそこない』だ」

『隣部屋の住人』は、じゃがいもやキャベツ、にんじんなど、冷蔵庫の中に残っていた野菜を、塩とコンソメでコトコト煮込み、やわらかくしたスープに、ゴリゴリとチーズの塊《かたまり》を振りかけていた。当然のように、スープの器《うつわ》も水の入ったグラスも二人分である。

加藤悟《かとうさとる》。

という名前を、定宿のように使っている人間は、二十になるかならないかの柔和《にゅうわ》な顔立ちで、ガブリエーレを見て笑った。

「そういえば、パオロもこのスープは好きだったんだよ。思い出すなあ、パオロが独身だった頃。今では考えられないくらいたくさん食べる人で」

「独身っていうと……五十年くらい前か」

「もうちょっと前かな。あの頃は一人で三人前くらいぺろりだった」

パオロとは、ガブリエーレにとっては祖父のような存在で、七十の坂を越えた老齢の男だった。

五十年以上昔の話を、見てきたように語りながら、ガブリエーレよりも年下に見える男は微笑《ほほえ》み、テーブルの上にパンを置いた。

「ガビーも同じくらい食べる？」

「最新の栄養学の研究に基づくとだな、過剰な飲食は生活習慣病の種火だ。小食派だよ」

「頭で食べるタイプかあ。いかにも今の人って感じだ」

「かっぱ、あのな、俺といる時はいいが、そういう話を外でするのは」

「わかってる。今だけ」

早口にそう告げると、ガブリエーレの隣人は、ほんのりと寂しげな顔をした。ガブリエーレは水を飲んだ。

「悪い。わざわざ俺が言うまでもないよな」

「気にしないで。こういう話を聞いてくれる人がいるのは、本当に嬉《うれ》しいから。『おじいさんの思い出話』だね。まあ、ちょっと若作りだけど」

「……笑いどころか？」

「一応」

かっぱ。K《カッパ》。

加藤悟という仮の名前で隠されている、ある意味での真実の名前。

D。ダンピールと呼称される、人間から吸血鬼へ変わる過渡期にある生物。

それが二十歳《はたち》そこそこに見える青年の正体だった。

空を飛び、怪力を発揮し、人々の心の闇《やみ》から生まれる不定形の黒いもや、『テネブレ』

を食べ、命を繋《つな》ぐ。

そして果てしなく長い命を持つ。

人の形をした、人ではない生き物だった。

「……慣れてきた？」

「まあまあだ。テネブレが出てくるタイミングも、何となくわかってきたしな」

「そんなに……まだ一カ月なのに」

「もう一カ月だ。問題ないだろ。格好いいじゃないか、ご町内の平和を守るダンピールとニポーテ」

「素質がありすぎるのも怖いよ。それから、そういう話も外では厳禁だから」

「わかってるよ、俺だってわかってる。さて、食べるか」

ガブリエーレは笑い、黒い前髪をかきあげ、野菜のスープに銀色のスプーンを浸した。

ダンピールの監督役、N。『ニポーテ』。

それが今のガブリエーレの肩書きのようなものだった。

二カ月前、二人の共通の知り合いであるパオロが倒れたという知らせを受け、アメリカの大学をもろもろの事情で退学したばかりだったガブリエーレは、一路故国イタリアに戻り、事件の真相を知るという男、かっぱにたどりついた。ガブリエーレはその時初めて、ダンピール、ニポーテなどの存在を確信し、それらをバチカンが秘密裡《り》に統括《とうかつ》していることも知った。怪奇映画じゃないんだぞと最初のうちは思っていたものの、幼い頃から時折目にしていた黒いもやもやにも、『テネブレ』という名前があることを知ると、ガブリエーレは懐疑の眼差《まなざ》しを捨てざるを得なかった。パオロが『ニポーテ』の職に、人生の長い期間を捧《ささ》げていたことを知った後は猶更《なおさら》に。

その大事な相棒がK——かっぱだった。

二人の間に起こった事件について、今のガブリエーレは語る言葉を持たなかった。そういう決断もあるのだろうと思えばそう思えたし、許しがたいという気持ちがくすぶっていないと言ったら嘘《うそ》になった。だがその気持ちのくすぶりが向かっているのは誰なのかと考えると、振り上げた拳《こぶし》の下ろしどころは見つからず、ただ拳を握っていることしかできなくなってしまう。

考えた末、ガブリエーレは腹を決めた。

パオロが生涯をかけていた職業に——ニポーテになろうと。

はじめのうち、かっぱはガブリエーレを止めたが、いくら諭《さと》しても無駄であると悟ると、ガブリエーレの存在を受け入れ始めた。渋々諦《あきら》めたのではなく、新たな隣人の登場を喜んでしまうのをやめようという試みをやめたようだった。もとから事件の真相究明のため、アパートの隣部屋に住んでいた仲である。キッチンつきの部屋はかっぱの部屋だけだったので、最近では朝昼晩と一緒に食べるのが恒例になっていた。

具沢山の野菜スープにパンをひたし、最後はスプーンでかきこんで、ガブリエーレは両手を合わせた。

「『ごちそうさま』」

「……あ、それは」

「時々やってるだろ。俺も四分の一日本人なんだ、こういうのは実践《じっせん》しないとな」

「ガビーのそういう仕草、なんだか可愛《かわい》いね」

「……なんならキモノを着て腰に刀を差してやろうか」

「それはただの変な人だよ」

——と。

食事の席に沈黙が流れた。身構え、先に席を立ったのはかっぱだった。

階下から人の近づいてくる気配に気づいてから、ガブリエーレも立ち上がった。

「ちょっと、かっぱ、ガビー！」

ジュリアだ、とガブリエーレが呟《つぶや》いても、かっぱは警戒の構えを解かなかった。

「お客さまよ！」

続いての大家のジュリアの声に、二人は顔を見合わせた。

かっぱはガブリエーレを庇《かば》うように背中の後ろに置き、空の食器を流し台の上に片づけた。万が一のことが起こるのを想定しているようだった。

「……Vか？　気配はしないが」

「わかりません。気配を消している可能性もあるので。ガビーはそこにいて」

V。

ヴァンピーロ。

ダンピールがいずれたどりつく終着駅にして、人間への共感を失い、享楽《きょうらく》のまま闇の世界を闊歩《かっぽ》する生き物。バチカンの天敵。

フィレンツェを住《す》み処《か》にしているヴァンピーロは、かっぱのことを非常に気に入っており、かっぱの身辺に存在する人間や仲間のダンピールをおもちゃのように弄《もてあそ》ぶ習性があった。ガブリエーレも数度接触している、フローラ、あるいはフロールと名乗る、性別不詳の美貌《びぼう》の存在である。ヴァンピーロの主食はテネブレではなく、テネブレを発生させる人間そのものである。

人間を殺し、食べ物にすることに何のためらいも見せない。

美しくおぞましい、闇の世界の住人である。

太陽の光に弱いということもなく、十字架や教会にも効果はない。ガブリエーレはまだ、何がヴァンピーロの弱点なのかも知らない。そもそもそんなものが存在するのであればの話だったが。

最悪のパターンを想定し、かっぱはガブリエーレを庇いつつ、軽く扉を開け、大家の女性に来客の存在を確かめた。男性であるという。性別の確認には何の意味もなかった。

「…………」

備えてほしい、と告げるように、肩越しにガブリエーレを振り返ったかっぱは、上がってきてもらうようにとジュリアに伝えた。市街戦になるよりも、部屋一つで被害が済むほうがいいという判断のようだった。何もできないなりに、ガブリエーレは流しからフォークを一本摑《つか》んで構えた。

ギイ、ギイ、と階段の軋《きし》む音がする。

誰かが部屋へ近づいてくる。

ガブリエーレがごくりとつばを飲んだ、その時。

外の誰かが扉を開く前に、かっぱは扉に手をかけ、勢いよく開いた。

外に立っていたのは、中年の男だった。

クリームのように白い肌、ぼんやりした眼差し、短い巻き毛、どんと張り出した下腹。

量販店で安売りされていそうな、上下揃《そろ》いの灰色のジャージ。

ぽかんとする二人の前で、中年の男は陽気に右手を掲げた。

「よう、はじめましてお二人さん！　バシリス神父だ。よろしく」

「……神父……？」

少なくともヴァンピーロの気配はなかった。奇襲を仕掛ける様子もない。困惑しているガブリエーレに、神父と自称した男は語り掛けた。

「何だ、辛気くさい顔をして。バチカンから派遣されてきた、準ニポーテみたいな役人だと思ってもらえば間違いない」

「バチカン？」

「ガビー。――すみません、まずは合言葉を。『絶望のあるところに希望を』」

「『闇のあるところに光を』。安心しろ、かっぱ。俺は間違いなく、サンピエトロからの遣《つか》いだ」

ガブリエーレはかっぱの表情をうかがった。

若々しい顔立ちの青年は、浮かない顔で視線を下げていた。

ガブリエーレが声をかけようとする前に、かっぱは顔を上げて身を翻《ひるがえ》し、キッチンの戸棚を開け、コーヒーメーカーを取った。

「神父《パードレ》さま、コーヒーでもいかがですか。これから飲もうと思っていたんです」

「パードレはよしてくれ。バシリスでいい。それじゃあ一杯もらおうか。ガブリエーレ、でいいのかな？　よければ何かお茶請けでも買ってきてくれないか。金は俺が出すから」

「ああ……」

「いえ、ガビーは俺と一緒にいます。ねえガビー。コーヒーに合うお菓子ならたくさんありますよ」

かっぱは瞳を大きく見開き、わざとらしくガブリエーレに微笑みかけていた。

行くな、と。

かっぱは全力で語り掛けていた。

背筋に嫌な汗がつたうのを感じながら、ガブリエーレは無言で頷《うなず》いた。ね、と同意を求めるように、かっぱが神父の顔を見ると、神父は呆《あき》れたように笑った。

「何でもいいさ。とにかくゆっくり話をしよう」

部屋の中に香ばしいエスプレッソのかおりが漂い始めた頃、バチカンからやってきたという男は、笑いながら切り出した。

「さて、初対面ではあるが、それなりに状況はわかっているつもりだ。ガブリエーレ、大司教さまをからかったのはまずかったな」

「……あの時は情報が欲しかったので」

「代償は大きかったろう？　バチカンの上役と、一切連絡が取れなくなった」

「…………………」

ガブリエーレは気まずく黙り込んだ。

一方的に連絡を寄越し、フィレンツェでかっぱと落ち合えと、事のはじめから指示を与えていた相手は、かっぱがV案件を片づけた頃から、ふっつりと連絡を寄越さなくなっていた。大司教を脅《おど》した、もといからかった件については、ガブリエーレなりの反省があったが、背に腹は代えられなかったことを思えばどうしようもない。

こういう音信不通状態はよくあるのかと、不安になったガブリエーレはかっぱに尋ねたが、かっぱは特に気にする様子を見せなかった。バチカンは気まぐれだし、いつも人手不足で皆忙しいので、連絡が数カ月途絶えることなど珍しくもないと。

バシリスは笑った。

「いやまあ、実際『代償』なんて言えるほど因果関係がはっきりしてるわけじゃないんだが。何せここはイタリアだからな」

「あんたなあ」

「わははは。悪い悪い。ちょっとからかってみただけだ」

でだ、とバシリスは仕切り直した。バスドラムのように低く、よく響く声だった。かっぱが二人の前にエスプレッソの小さなマグを差し出すと、バチカンから来た男は一息に干し、喋《しゃべ》った。

「ガブリエーレ、お前さんは今、この状況をどう受け止めているんだ？　ダンピールと行動を共にしているが、そこには自分なりの考えがあるのか？」

「……あります」

「なるほど。聞こう」

「俺は、仮じゃなく、本物のニポーテになりたいと思っています」

ガブリエーレは一語一語、はっきりと発音した。

いつかはこういう日が来るだろうと、思っていなかったわけではなかった。

そもそもどうすればニポーテになれるのか。

先代のニポーテであるパオロが、全ての記憶を失ってしまった今、ガブリエーレには引き継ぎの方法を知る術《すべ》がなかった。かっぱに尋ねてみても、そのうちわかるのではなど曖《あい》昧《まい》な言葉を告げるばかりである。

いずれ何かが来るのだろうと、予感しているような顔をして。

だったらその時を待とうと、ガブリエーレは腹を決めた。バシリス神父の到来は、いっそ待ち構えていたといってもいいイベントだった。

「ほおう」

バシリスは顎《あご》に手を置き、微《かす》かに笑った。

ガブリエーレは無言で微笑み返しつつ、頭の中で論を組み立てた。

第一の理由。先代のパオロと自分には親交があり、彼の業務を引き継ぐことは光栄であり、望外の喜びであること——嘘ではない。

第二の理由。既《すで》にバチカンやダンピール、ニポーテなどのことを知ってしまった以上、その世界で自分にもできることがあるのではないかと考えている——これも嘘ではない。

第三の理由。ある種の超常現象を見てしまう体質に生まれついた以上、このことには何らかの意味があるのではないかと思っており、その才能を世の平和のために役立てたい——バチカンからやってきた相手には好まれそうな回答だと思った。

インターンの志望理由の弁論テストを待つような気持ちで、今か今かと促《うなが》す言葉を待っていたガブリエーレの前で、バシリスは笑った。

にかっと笑って、ガブリエーレの肩を叩いた。

「いいぞお、若人《わこうど》よ。気合いの入った目だ。だがな、俺は別に志望動機を知りたいとは思ってない」

「……は？」

「何しろ非常識なことだらけの業界だからな。やる気があっても駄目なやつは駄目だ。そう思うだろ？」

　そう思うだろと言われても、とガブリエーレが困惑していると、すうとかっぱが隣にやってきた。まるでバシリスの言葉を、ガブリエーレと共に受けようとするように。

「プローヴァはもう済んでいると思います」

「ん？　かっぱ、どうした」

「この人間にも、パオロの時と同じように、プローヴァを課そうというのでしょう。しかし彼はもう、大きなヴァンピーロ事件に関わっています。改めて試練を与える必要はないかと」

「トライアル《プローヴァ》？」

「ああ、まだそのあたりのことをきちんと覚えてるのか。さすがだな、K。まあ説明しよう」

　バシリスはエスプレッソの残り一滴をぐいと飲み込んで、改めてガブリエーレたちの顔を見た。

「まあ一応、ニポーテの任命には試練《プローヴァ》がある。三つの試練だな。その一、ダンピールやヴァンピーロの存在を知り、信じられること。これは必須だ。命に関わることだからな。その二、ダンピールの正体を知りつつ、相棒としての信頼関係をある程度構築できること。これもまた基本だ。信用していない相手と一緒に戦えるほど、Vの連中はやわじゃない。その三、V案件に遭遇の上、生き延びること。言うまでもなく、死んだらおしまいだ」

「…………」

「ああ、今こう思っただろ？　『あれ？　俺は全部クリアしてるぞ？』って」

その通りだった。ガブリエーレは言いよどんだ。

「……それは、しかし」

「『報告していないのに』って？　その程度の情報はもうこっちも把握済みだよ」

バシリスは笑い、テーブルの上に置かれたかた焼きクッキーをポリポリとかじった。トスカーナ州の名物、ナッツの入ったビスコッティである。

確かにガブリエーレは、その一からその三に相当する『試練』を、既に経験していた。かっぱという存在を通して、ダンピールの存在を信じ、パオロとの友好関係を引き継ぐように、かっぱとの間に友情を感じてもいる。そしてかっぱの友人を犠牲にしたヴァンピーロとの事件も、ガブリエーレは目《ま》の当たりにしていた。

だからお前はもうニポーテだ、よかったな――と。

バシリスはそんなことを言うような雰囲気には見えなかった。

神父を名乗る太鼓《たいこ》腹の男は、にやりと笑った。

「しかしだ。ここでお前さんをニポーテに任命しちまうと、流れ弾でV案件に遭遇した一般人は、みんなニポーテの適性があるってことになりかねない。それはまずい。バチカンにも情報統制の必要があるからな」

「……ガブリエーレにはテネブレを見る素質があります」

「そうみたいだな！　正直な話、ありがたいことだよ。やる気もあるようだしな。お察しの通り、人材が有り余ってるって業界じゃない。だがやはり、プローヴァは必要だ」

バシリスの青い瞳は氷の湖のようだった。口調は明るく、どこにでもいる中年男性のようだが、その実胸の奥には冷たいものがあり、おいそれと異論を差し挟んでも、聞き入れてくれる素振りはない。ガブリエーレはつばを飲み込んだ。思い浮かぶのは祖父から教わった日本の童話、『かぐやひめ』である。無理難題をふっかける月の姫君のために、騎士たちが苦難奮闘する物語である。少なくともガブリエーレはそう記憶していた。

気を持たせるよう黙り込んだ後、バシリスは再び、にかっと笑った。

「というわけでだ、しばらく観察させてもらうぞ、ガブリエーレ。ざっと二週間くらいかな」

「…………具体的には、何を？」

「それは秘密だ。そういうプローヴァだからな」

「何を試すのかは秘密だと？　監獄《かんごく》実験まがいじゃないでしょうね」

「そう気を張るな。たとえるなら、あれだよ、百ユーロ札が落ちていたとして、それを懐《ふところ》にしまうか？　交番に届けるか？　教会に献金するか？　そういう行動を観察させてもらう期間だと思えばいい」

「具体的な観察内容を伝えると、審判に障《さわ》りがあるということですね」

かっぱの言葉に、バシリスはまあそうだと頷き、ガブリエーレを見た。

「それでもいいか？　若人よ。ちなみに百ユーロ札の話はただのたとえだ。実際に拾得したとしても、そう気にすることじゃないさ」

どちらかというと行状診断というよりも心理テストになるのだな、とガブリエーレは判断した。何をテストしているのか告げられないまま、二週間行動をチェックされる行為は、それ自体が大きな負担を強《し》いる。

でもまあ慣れてるしな、とガブリエーレは内心自分に言い聞かせた。

医学部での生活は、毎日が試験試験テストテストの繰り返しで、誰にどこを判断されているというより、生活の全てが試験に直結しているような時間だった。普通に暮らしているだけで裁定してもらえるというのであれば、楽な話であると割り切ることもできる。

ガブリエーレは不敵に微笑み返し、バシリスに手を差し出した。

「わかりました。よろしくお願いします」

「おっ、肝《きも》が据《す》わってるな。よろしく頼む。合格を祈ってるよ」

食えない男だなと思いつつ、ガブリエーレは笑って応じた。

かっぱは何も言わず、黙って握手をかわす二人を見ていた。

緊張した顔を見せるダンピールに、ガブリエーレは少しだけ微笑んでみせた。心配するなよ、という気持ちだった。

かっぱはダンピールの中でも変わり種で、主食となるテネブレをあまり、好んで食べようとしない。

理由はテネブレを摂取すればするほど進むという、記憶の忘却《ぼうきゃく》にあらがうためであるという。

先代ニポーテのパオロはそれを受け入れていたし、ガブリエーレもかっぱのいいようにさせてやりたいと思っていた。だがバチカンから垂直的に異なるニポーテが派遣されるとなれば、その方針が受理されるかどうかはわからない。

かっぱとしてはガブリエーレのニポーテ就任が、真の意味での死活問題であるはずだった。

大丈夫だ、頑張るから、とガブリエーレが眼差しで伝えると、かっぱはいっそう不安げな顔をして、それでもほのかに微笑んでみせた。

身を挺《てい》してフィレンツェを守り続けているこの男を、できる限り守ってやりたいと、ガブリエーレは改めて思った。

「で、これからどうする」

「『これから』?」

バシリスの申し出にガブリエーレがきょとんとすると、太鼓腹の男はわははと笑った。

「決まってるだろう! 新しく知り合いになれたんだ。飲みに行かなきゃならん。このあたりでいいバルを知らないか。俺はローマから来たばっかりだからな」

「神父さまなのでは……?」

「それはそうだ。だが俺の神父はビジネス神父みたいなもんでな。バチカンでの仕事に必要になるからそうなってるってだけで、教区も何もないのさ。わかるか」

「ああ……」

よくわからないままガブリエーレが曖昧に頷いていると、バシリスはガブリエーレの肩を抱き、部屋の外へと出て行こうとした。慌てたのはかっぱだった。

「待ってください。彼をどこへ」

「飲みに行くんだよ。かっぱはここで待っててくれ。男と男の話があるんだ」

「……俺も男ではありますけど」

「内密の話がしたいんだ。申し訳ないが、ちょっと待っててくれ」

ガブリエーレは、かっぱが歯を食いしばったのがわかった。明らかにかっぱはバシリスを信用していなかった。初対面のうさんくさい神父を、ガブリエーレもそこまで信じているわけではなかったが、それでも毛を逆立てて相対《あいたい》するほどではない。だが。

かっぱの様子は明らかに『警戒』だった。

ガブリエーレにはわからない何かが、この男にはあるようだった。

それならば、と。

自分の肩を抱く手を握り返し、ガブリエーレはバシリスの腰に腕を回した。

「いいですね！　悪いなかっぱ、昼間っからだが飲みに行ってくるよ。プロコンソロ通りの店でいいですか」

「おお、話がわかるなあ！」

まずは喰《く》らってみなければ、毒の種類もわからない。

　ガブリエーレはわざとらしいほどの笑顔を張り付けて、バシリスと二人、昼間からバルへと繰り出した。主として観光客向けに営業している店であるため、昼間からでも酒を飲むことができる。バシリスはモレッティをオーダーし、勢いよく飲み干した。

「っかー！　やっぱりビッラはいいな。命の水だよ」

「イタリアの方はワインのほうがお好みかと思っていましたが」

「俺はカルチョを見ながらビッラとピッツァを食い散らかすのが生涯の楽しみだよ」

　つまりサッカーを見ながらビールとピザを食べ散らかすのが趣味なんだなと、ガブリエーレは頭の中の辞典でイタリア語を英語に変換した。ガブリエーレは少し笑い、デカンタのキアンティ・クラシコを一杯注いだ。

「それで、お話とは」

「まあ飲め。飲まなきゃ話もできん」

「わかりました」

　潰《つぶ》すつもりなら来るがいい、とガブリエーレは内心笑った。医学部の仲間たちが、最終的にはバイオハザードのような様相を呈する飲み会を開いても、最終的な救護係を任せられるのはいつもガブリエーレだった。酔わないからである。

　ガブリエーレはワインを一杯干し、二杯干し、デカンタのおかわりを注文してピザをつまみ、またデカンタをおかわりし、最終的にボトルを注文した頃、何かがおかしいと思い始めた。バシリスは楽しそうに酔うばかりなのである。

特にガブリエーレを潰そうとする様子はなかった。むしろ自分だけ潰れていた。

「あの、それで……お話というのは？」

「はなし？　ああ、そうだったけな……いや、ほんとに……お前さんと仲良くなりたいだけでな……ひっく。悪い悪い。俺は酒に目がなくてなあ。最近おかたい会議が続いたから、こんなふうに飲めるのはひっさしぶりなんだ……ひっく。感謝してるよ、ほんと」

「はあ」

ただの酒飲みだったのかと、ガブリエーレが思いかけ、ため息をついた時。

「で、どうだ。あのダンピール《D》は。うまいことやってるか」

バシリスはジャブを打ってきた。

こうでなきゃな、とどこかで思いながら、ガブリエーレはグラスに残っていたワインを飲み干し、不敵に笑ってみせた。

「どうもこうも。俺は上から派遣されてきた人材じゃありませんからね。他のニポーテ《N》がどうしてるのかなんてわかりませんよ」

「だが古文書館の資料を読んだはずだ。一般的なニポーテ《N》のダンピール《D》の扱いについても、ある程度はわかっているんじゃないか。お前さんは頭がいい。アメリカの有名な医学部だろう。素晴らしいことだよ」

「いやあそんな」

　最初に酔ったふりをしたなら、せめて最後までそれを継続する努力くらいはしろよ、と内心毒づきながら、ガブリエーレは言葉を重ねた。

「正直なところ、ダンピール《D》の『扱い』という言葉が、自分にはしっくりきません。ダンピール《D》は人間の中から発生し、人間に悪影響を与えるテネブレを、自発的に食べてくれているわけですよね？　それは人間全体に対する慈善事業と言ってもよいのでは？　何故《なぜ》それを人間が監督するのでしょうか」

「大前提として、ダンピール《D》はいずれVになる。それはいいか」

「…………ええ」

「俺たちがやっているのは、いずれ虎《とら》になる虎の子に、制御可能な間だけ害獣駆除を手伝ってもらっているタイトロープな行為だ。虎の子は可愛いかもしれんが、虎になったら食い殺される。そして虎は、自分が子どもだった頃のことは全く覚えていない。これも前提として大丈夫か？」

「……わかっているつもりです」

ガブリエーレの脳裏に去来するのは、かつてかっぱの友人であったものの、ヴァンピーロの血を飲まされ、黒い異形のモノになり、ガブリエーレを襲ってきた存在のことだった。彼がダンピールであった時には、ガブリエーレも一緒にパニーニを食べ、談笑し、かっぱの部屋でエスプレッソを楽しみもしたが、異形の姿になった彼は、その時のことをまるで覚えていなかった。そして獲物を狩る獣のように、機械的にガブリエーレとかっぱを襲った。おぞましい体験だった。

しかし、とガブリエーレは言葉を繋いだ。

「あの時も、俺はかっぱがいなければ殺されていたでしょう。かつての友達であったことをわかっていながら、かっぱは俺を守って、あいつを……消し去ってくれたんです。ダンピール《D》は虎の子というより、虎にならないように苦心している『人間』であるとは言えませんか？　かっぱには特に、その傾向が顕著《けんちょ》です」

「それはそうだ。ダンピール《D》はみんな、自分が『まだ人間だ』と思いたがっているからな。だが実際は違う。あいつらは空を飛べるし、影に入り込むことだってできる。気配を消して人間に近づき、そうとわからないうちに殺すことだってできるだろう」

「それでは『包丁を持ったら誰でも人を殺せるので潜在的殺人者』と同じ理屈では？」

「本当にかっぱを信頼しているんだな」

「俺の祖父のような人が、ほとんど一生をかけて信頼した相手です。信じないほうがどうかしてる」

「なるほど。お前さんのKへの信頼基盤は、ニポーテ《N》・パオロの存在であるわけだ」

ガブリエーレはワインのかわりに水を飲み、少し正直に話しすぎていることを反省した。もとからこれはトライアルの一環のはずである。必要なことを必要なだけ話せばよいはずだった。だがどこからどこまでが『必要なこと』であるのかは教えられていない。

厄介《やっかい》だな、と思いながら、ガブリエーレはもう一口水を飲んだ。

「……確かに俺とかっぱはまだ、会ってそれほど長いわけじゃありません。この夏から秋の間だけの知り合いです。それでもあいつが悪人じゃないことはわかる」

「それがヴァンピーロ《V》になった時、粛々《しゅくしゅく》と処理できるか」

「…………それもニポーテの条件というわけですか」

「いいや、そんなことは言ってない。そもそもヴァンピーロ《V》に人間が対処できるはずがないからな。かっぱほど年を経た存在なら、バチカンのめぼしいやつらが総出でかからないと太刀《たち》打ちできないだろう。そして大抵の場合、V化したダンピール《D》のもとにいたニポーテ《N》は、彼らの第一の被害者になる。そういうことも考えたか」

「…………………」

　ガブリエーレは無言のまま、再びワインを一口飲んだ。渋みのある辛口が売りのキアンティ・クラシコは、肉料理もない昼間から飲み下すには、少しだけ喉《のど》に苦すぎた。

「自分が死ぬ時のことを考えても、時間の無駄では？　死ぬ時には死にます」

「それが自分の信頼した相手からの、無慈悲な一撃であってもか？」

「そうなったらそうなった時の話でしょう。交通事故の心配をするようなものだ。だが俺はむしろ、そんなことをして、かっぱが無事でいられるかどうかが不安ですよ」

「なるほど。あのダンピール《D》のことをよく理解しているようだ」

　ガブリエーレは少しだけ驚いた。バシリスの目は優しかった。まるで自分の古い友人にできた新しい友人を品定めする、厄介な親友のように。

　ガブリエーレはもう二口ワインを飲んだ後、少し身を引きながら問いかけた。

「ひょっとして、あなたは過去にかっぱと交流を持ったことが」

「そういう繋がりは全くない。だがニポーテ《N》・パオロがバチカンに送ってくる書簡《しょかん》は、ほとんどに目を通したはずだ」

「…………」

「その後にフィレンツェの古文書館に送付しているんだよ。お前さんが読んだ手紙を、俺も読んだというわけだ。かっぱはいいやつだな。パオロのことは本当に残念だった」

「…………あなたは」

「中間管理職とでも思ってくれ。俺は本当に、二人で酒が飲みたかったんだ。パオロのことを話しながらな。まあ飲め。ここは俺がおごる」

バシリスは陽気に笑い、イタリアのビール『モレッティ』のラベルのように、気持ちよさそうに酔った顔で、瞼《まぶた》の下にビールのグラスを運んだ。そして驚いたように少しグラスを下げ、ごくりと飲んだ。ガブリエーレもワイングラスを掲げ、今は全てを忘れ、家族と共に過ごしている老齢の親友に乾杯した。彼の功績と、彼の親友であった男にも。

その後バシリスとガブリエーレは、店の名物のピザやサラダを追加しながら酒杯を重ねた。もともと誰かに打ち明けたくて仕方なかったことばかりのガブリエーレは、これ幸いとバシリスにこれまでのことを話した。パオロの他には誰も見えないと思っていた黒いもやもやが、実はテネブレなどという言葉で呼ばれていた驚き。かっぱが歳《とし》を取らないことの驚き。それでも人間と共に生きたいと思っていることの尊さ。自分の将来の話。

話しすぎた、と我に返った時にも、バシリスはにこにこ笑っているだけだった。

「そうか。まあ飲もう。俺がおごるよ。どうせ領収書だ」

それはつまり、バシリスの上役が勘定を持つということであるはずだった。教会である。世界有数の献金額を誇るカトリック教会には、年間どころか日々膨大な金額が集まっているはずである。しかしそこに飲み代を持たせるというのはどうなのだと思いながら、ガブリエーレはもう一度、バシリスの顔を見た。

赤ら顔の酔っぱらいになった神父は、それでもどこかに、底冷えするような氷の湖を隠している。

ガブリエーレは怖くなった。

「……半額、持たせてください」

「ええ？」

「俺も飲み食いしてますので……礼儀みたいなものでしょう」

「しかし、俺の懐から出る金じゃないんだぞ」

「同じことですよ」

「そうかあ」

そうか、そうか、と笑いながら、バシリスは手を上げ、追加のピザとサラダをオーダーした。ガブリエーレも負けじと、締めのつもりでティラミスをオーダーすると、バシリスは笑った。

「かっぱの誕生日、祝ってやったんだってな」

「え？」

「お前さんは本当にいいやつだなあ、ガブリエーレ。まあ飲もう」

かっぱの誕生日。祝うのが少し遅れてしまったものの、九月二十六日の日付を、ガブリエーレは手帳に記し、来年も祝う気でいた。今年はケーキ店に行く余裕もなかったため、急ごしらえのティラミスで手を打ったものの、来年はしっかり祝おうと。

ガブリエーレはかっぱと二人だけで、ティラミスを食べたのである。

二人だけで。

誰にもそのことは話さなかった。

何故それをバチカンの人間が知っているのだと尋ねようと思った時には、バシリスは既に席を立ち、会計の素振りを見せていた。アルコールのまわった体でのたのたと追いついてゆくと、バシリスは再び笑った。苦笑しているようにも見えた。

「本当にいいのか？　俺が払っても大丈夫なんだが」

「持たせてください」

「わかった」

まだあんたを信用したわけじゃない、というようにバシリスを一瞥《いちべつ》すると、酔漢《すいかん》の顔をしていた神父はにっこりと笑って、氷の瞳を見せた。

「その気持ちの半分でも、かっぱに向けたほうがいいかもしれんぞ」

ガブリエーレは何も答えなかった。

二人は半額ずつ会計を分け合い、ガブリエーレは「これからの宿を見つける」というバシリスと別れた。

ぷんぷんとアルコールのにおいがする体に、ガブリエーレは持ち歩いているコロンを吹きかけて、ドゥオモ広場に面したアパートに向かった。

「ただいま…………うう、あの野郎……大した飲み助だ……」

「おかえりなさい」

待ちわびていたように、かっぱは椅子《いす》から立ち上がり、ガブリエーレに水を注いだコップを渡した。ガブリエーレが一息に飲み干すと、かっぱはコップを受け取り、入れ替わりに何かを差し出した。

黒いチャーム。

手の平に握り込んだら隠れてしまうサイズの、石の十字架だった。

「あ……？」

「酔っぱらっている時に悪いけど、ガビーに護符を作ったよ。持ち歩いて」

「ごふ」

「護符。ああもう、座って。お酒には強いんじゃなかったの」

「強いさ。だがあっちもなかなか上手《うわて》で……ううっ、何が神父だ……」

かっぱはムッとした顔をしながら、ガブリエーレの額《ひたい》に手を当て、潜水競技に挑む水泳選手のように、ふうはあと腹式呼吸をした。し続けた。

すると。

ガブリエーレの悪酔いは、何かに吸い込まれるように、みるみる消えていった。

「……これは……?」

「まったく。久しぶりだよ、こんなことに力を使うのは」

ダンピールの力は、目の前の相手の酒精を抜くことにも使えるようだった。

一体ダンピールというものは何ができて何ができないのかと、ガブリエーレは一度尋ねてみたかったが、結局何度も考えるだけでやめていた。途方もないチェックリストを作る羽目になるだけの気がしたからである。

ガブリエーレと同じコップで、ミネラルウォーターをがぶ飲みしたかっぱは、改めてガブリエーレに小さな十字架を渡した。石を掘り出し、丁寧に研磨したような、つやつやしてひんやりと冷たい素材でできている。

「伝承なら、こういうものはダンピールやヴァンピーロの天敵のはずなんだけどな」

「俺には効果がないし、少なくとも今まで俺が見てきたVの人々にも、あまり効果があったようには見えなかったよ。信仰が篤《あつ》かった時代であれば、少しは違ったのかもしれないけれど……」

「これを、俺にくれるのか」

「そう。持ち歩いてね」

「護符を？　何のために」

「ガビーを守るために」

それはそうだろうとしか言えない護符の用途だったが、ガブリエーレは少し、背筋が寒くなった。

かっぱがそんなものを改まって渡すならば、それなりの理由があるはずである。

一体何が起こっているのかと、ガブリエーレが眼差しで問うと、かっぱは少し困ったような顔で笑った。

「……くれぐれも言っておくけれど、無茶をしてほしいということじゃないからね」

「無茶ができるような効能のある護符なのか」

「だからそんなことは言っていないのに」

「これは何なんだ。どうして今これを俺に渡す」

「そういうものがあったほうがいいかもしれないと、少し思っただけ。それ以外の意味はないよ」

「これを持って高いところから飛び降りたら……」

「やめて。そんなことまで面倒見切れない。足が折れるだけだよ」

「だよな」

ガブリエーレが笑うと、かっぱは呆れたようにため息をついた。ぽんぽんと、ガブリエーレはかっぱの肩を叩いた。

「俺があいつと飲みに行くのは、すごく心配なことだったんだな」

「…………ある程度は」

「確かにちょっと飲みすぎたが、それだけだよ。あとはニポーテになるにあたっての心構えみたいなことを聞かされて、脅された」

「俺がガビーを殺すって?」

「まあそんな感じだ。何だ、大体定番があるのか」

「ヴァンピーロの脅威《きょうい》を経験した人に、他に何を言えば脅しになるのか考えただけ」

「別に怖くない」

ガブリエーレがそう告げると、かっぱは動きを止め、ガブリエーレを凝視した。そんなに驚くようなことか、とガブリエーレが両腕を広げると、かっぱは再び、困ったような顔をした。

「……ガビーは、自分の命が惜しくないの」

「そういう意味じゃない。誰かさんがそんなことをするとは思えないだけだ」

「…………そうでありたいとは思ってるよ。でも」

「大丈夫だよ。お前はそんなにすぐにVになりそうには見えないし、俺だってサポートするつもりでいる。二人で何とかやっていこうぜ」

まだ少しぼんやりした頭でガブリエーレが語っても、かっぱは困惑したような表情を崩さなかった。

少しの沈黙が流れた後、先に口を開いたのはかっぱだった。

「…………福家《ふけ》・ガブリエーレ・カルリマトーレ。あなたは何故ニポーテになろうと？」

「え？」

「俺にもわからないことはあるから。何故、パオロの後を継ごうと考えてくれたの。まだ二十四歳でしょう。人生を諦めるには早すぎる」

「諦めてなんかいないさ。俺は」

「では何故？」

かっぱの瞳は真剣だった。

数多くの人々の悩みに直面し、テネブレを喰らってきたダンピールの瞳は素直で、しかし弱々しくて、ガブリエーレには隠し立てをするものが何もなかった。

「……バシリスに質問されるより、本人に聞かれるほうがよっぽど堪《こた》えるな」

「ごめん。俺は……ガビーがニポーテになりたいと思ってくれていることが、本当に嬉しいんだ。でも嬉しいのと同じくらい、怖いから」

「どうして」

「…………あなたの人生が、俺のために消えてしまう」

かっぱの言葉は重く、沈痛だった。

ダンピールは歳を取らない。外見年齢はティーンエイジャーのかっぱも、記憶にある限りでも三百年近い齢《よわい》を重ねてきた存在である。ガブリエーレの一生が、かっぱには巨大な大河にのみ込まれようとしている、小さな川のように見えるのかもしれなかった。

ガブリエーレは少し笑い、かっぱの目を見返した。震えるような黒い瞳は、それでも真《しん》摯《し》な輝きに満ちていた。引き返したいのなら引き返してほしいと、心から祈る眼差しだった。

「つまり、志望動機が弱いってことだな」

「そんなことは」

「そんなことだろ。わかったよ。もっとしっかりした理由を見つけられるよう、俺なりに頑張ってみる。せっかくの機会だ。あの酒豪の神父がフィレンツェにいる間にな」

「…………ガビー」

「ん？」

「二百歳以上年下の相手に、こんなことを言うのは馬鹿馬鹿《ばかばか》しいけれど、俺は……寂しがり屋なんだよ。だから……あまりまともに、相手にしないほうがいい時がある。ガビーは優しいから、俺のことを考えて、いろいろやってくれようとしているのはわかる。でも君にも君の人生があるんだ。一時の衝動に身を任せても、いいことばかりではないよ」

「それだけ聞くと、なんだか大恋愛をしようとしてるように聞こえるな」

「恋愛ならまだいいよ。醒《さ》める時が来る。でも君の献身には、パオロという後ろ盾があるから……猶更怖い」

「寂しがってる相棒をハグしてもいいか？」

「やめて」

「すまん。悪ノリした」

　ガブリエーレは苦笑し、かっぱと軽く手を打ち合わせた。そして気分を切り替えるように、自分の顔をごしごしと擦《こす》ると、ひょうきんに笑ってみせた。

「夕飯、どうする？　何か買ってくるか」

「昼は何を食べたの。俺は残り物を片づけたけど」

「ピザとサラダと酒地獄《じごく》だ。何かさっぱりしたものじゃないと入りそうにない」

「じゃあ野菜のスープと、あとは炙《あぶ》ったポルチーニかな。市場で量り売りが出ていて、嬉しくて買っちゃったんだ。一年間も蔵で乾燥させたっていうから、クリームパスタにしたら濃厚な味になるはずだよ。それでいい？」

「ありがたい。俺はパンでも買ってくるよ」

「じゃあそうして」

かっぱはガブリエーレを送り出した。

ガブリエーレが、ジーンズのポケットに護符を滑り込ませるのを見届けてから。

「……護符ねえ」

頭に浮かぶのはバシリスのことだった。

だがバシリスは人間である。

かっぱが何を警戒しているのか、今一つわからないまま、ガブリエーレはフィレンツェの街へと繰り出した。手に入れるべきはかっぱのスープにぴったりと合う、フィレンツェ風のかた焼きパンであった。

そして可能であれば、ガブリエーレがニポーテを志望していることを、かっぱに納得させられる理由も。

「…………」

ガブリエーレは高校の卒業時のことを思い出していた。大学に進みたい理由を、それなりに口頭で説明しなければならない儀式があった。何故こんな当たり前のことをさせるのだろうと当時のガブリエーレは思っていたが、今はその理由がわかった。

お前は本当にそれをしたいと思っているのかと。

自分で自分に問いかける意味のある行為だったのだと。

「…………」

ガブリエーレは改めて、ニポーテという職務のことを考えた。バチカンとダンピールを繋ぐ連絡役。町々にはびこるテネブレやヴァンピーロの気配を察知し、被害を最小限に食い止めるための闇の守り人。尊敬するパオロが、ほぼ一生を捧げた職業。

知れば知るほど、誰かがやらなければならないことであるのは確かだった。

誰かがニポーテをつとめなければならない理由は、いくらでも見つかった。バシリス相手に受けがよさそうな理由をならべることもできた。

だが。

「『どうして』……『どうして』なあ。『どうして』……?」

自分の中にあるはずの『どうして自分がそれをしなければならないのか』という理由は、最後の最後でぼやけていて、明確な言葉にしてつかみとることができなかった。

CAPITOLO SECONDO

バシリスが見つけた宿は、二人のアパートからほど近い、アメリカ資本の定番観光ホテルだった。長期間の滞在でも懐《ふところ》に優しく、朝食はついていない。

毎朝九時か十時に、バシリスは思い出したように二人の宿を訪れた。

「よう！　朝食を買ってきたぞ」

バシリスが買い込んでくるのはチーズにヨーグルト、果物にパンといった、イタリアでいう『スーペルメルカート』――スーパーマーケットで買えるものばかりだったが、食料の差し入れがありがたいのは確かだった。かっぱにはバチカンから入ってくる月々の年金めいた給料のほか収入がなく、ガブリエーレは副業なしのニポーテ未満であるため、今のところ無収入である。もちろんそれで困るほど貯《たくわ》えがないわけではなかったが、気持ちは嬉《うれ》しかった。

とはいえ朝の早いかっぱは、六時か七時にはエスプレッソの朝食を済ませてしまう。バシリスをまじえての食事は、どちらかというとブランチのような『ミーティング』になった。

「それでかっぱ、最近のテネブレの様子はどうなんだ」

「一時に比べれば落ち着いていると思います。観光のハイシーズンが終わり、人の流れが減ったことも大きいかと」

「去年や、その前の十月に比べるとどうだ」

「……同程度か、やや少ないくらいではないかと。今年は降雨が少ないので、そのせいもあると思います。雨が降ると、人の気持ちは落ち込みやすくなりますから」

「そのぶんテネブレの発生も増えると。参考になるよ。駆け出しのダンピールたちには、こういう情報も貴重なんだ」

「こんなことで構わないのでしたら……」

　バシリスはそれなりに勉強熱心だった。古式ゆかしいバチカンの人々には似つかわしくない、最新式の大きな液晶端末を持ち歩き、かっぱから聞き取ったテネブレやダンピール、あるいはヴァンピーロの情報を手早く入力してゆく。オンとオフのはっきりした男、少なくとも仕事に対する熱意が全くないタイプの人間ではないのだなと、ガブリエーレは脇から二人を観察していた。

　とはいえ、それは朝だけである。

　日々が過ぎれば過ぎるほど、ガブリエーレにはバシリスの訪問目的が、『秋のフィレンツェ・グルメ観光』としか思えなくなった。連日連夜、バシリスはガブリエーレやかっぱに「どこかうまい店はないか」「いい市場《メルカート》はないか」と尋ね、答えを手に入れるや否《いな》や猛然と美食に突撃してゆく。バシリスはよく食べた。片手にビールを携《たずさ》えて、ガブリエーレにはお馴染《なじ》みのアメリカ人観光客もかくやという勢いで食べていた。そしてフィレンツェ観光を満喫し、土産物《みやげ》を買い、写真を撮りまくっている。ガブリエーレとかっぱのことを気にするのは、一日のうち、朝の三十分だけだった。

「あいつ、本当にバチカンから来たんだろうな？　本当に俺のニポーテ適性を確かめる意志があるのか……？」

「合言葉は正しいものだったよ。間違いない……とは思うけど、多少ヴァカンツァのような気分がないでもないのかも……」

「まったく困ったもんだ。あれは……ギリシア系の名前だよな？」

「俺もそう思う」

「のんびり気質はイタリア人とそっくりだ」

どこか懐かしい気持ちを催させる性質《たち》のバシリスは、今日もブランチ的なミーティングを終わらせると、古い民家の観光に出かけてくると、茶色い巻き毛の上にハンチングをかぶって出ていった。

三人分の皿を片づけてから、ガブリエーレも外出用の青い上着を羽織った。

「どこへ？」

「パトロールだ。いくらテネブレが少ないとしても、そろそろ出てきてもおかしくないタイミングだろう。見つけたら電話を入れるから」

「あまり無茶は……」

「わかってる、わかってる」

古都をぶらぶらする程度の気持ちで、ガブリエーレは外出した。

秋のフィレンツェの空気は乾いていて、うきうきするようなポルチーニやシナモンのかおりが香ばしく漂ってくる。肌を焼くような夏の日差しも今は遠い。そぞろ歩きに最高の季節だった。

これでテネブレが出なければ完璧なのに、と思いながら、広場を出て三、四区画ほど歩いていると。

ガブリエーレはキャーッという悲鳴を聞いた。すぐ近くだった。

市場にほど近い、観光客の多い一角に、人だかりができていた。テネブレではない。人が倒れていた。体をがくがくと震わせて、泡を噴き、意識がない。

ガブリエーレは人波をかきわけた。

「どいてくれ。医者の見習いだ。どいてく……」

「退《ど》いてくれ」

自分と同じように、人波を割って現れた男に、ガブリエーレは驚愕《きようがく》した。

ほとんど同じタイミングで、同じように現れたのは、くたくたのTシャツ姿のバシリスだった。

「バシリスさん、おそらくこれはてんかんの……」

「わかってる」

がくがくと震える男の頭は、小刻みに何度も石畳《いしだたみ》に打ち付けられていたが、その間にバシリスが手を挟み込み、緩衝材《かんしょう》の役割を果たしていた。ガブリエーレは上着を脱ぎ、バシリスの手と石畳の間に挟み込んだ。

口に物を噛《か》ませようとしないところに、ガブリエーレは微《かす》かに感じ入った。古い慣習では、てんかん発作を起こしている人間を見たら、舌をかまないように何かを噛ませることが必要だとされていたが、近年では逆に窒息《ちっそく》などの危険があるため、無理やり口をこじ開けるのはご法度《はっと》とされている。

発作が治まってきた後、バシリスはゆっくりと男の顎《あご》を上げ、腕を動かし、自然に体を仰向けから横向きにして気道を確保し、意識が戻るのを待った。

穏やかな呼吸が戻って一分ほど経《た》った頃、男性は意識を取り戻した。

「あ………あ」

「気がつかれましたか」

　ガブリエーレはバシリスの声のトーンに、少し戸惑った。二日酔いの調子はどうだと、毎朝尋ねてくる陽気な男とは違う、何か別種の職業の人間のようだった。それこそガブリエーレがアメリカにいる間、いやというほど出会ってきたような。

　患者を前にした、医師にそっくりの声で。

　相手を落ち着かせる、穏やかでゆっくりしたトーンの声で、バシリスは優しく語り掛けた。

「発作を起こしたようですよ。自分はバシリスといいます。こちらはガブリエーレ」

「ああ……すみません。自分は、てんかんで……」

「付き添いの方はいらっしゃいますか」

「……いや、今ここには……彼女はホテルで休んでいるので……」

「なるほど。ここまでは徒歩で？」

「はい。すぐそこの宿です……」

「わかりました。立てるようになったら、二人でお送りしましょう。ガブリエーレ、手伝ってくれるな」

「は、はい」

　ガブリエーレと二人、倒れた男性の左右を固めて歩く間、バシリスはてきぱきと質問を重ね、発作手帳に必要な情報を聞き出していった。そして発作時の状況を説明し、おそらく持っているであろう発作の記録帳にメモするようにすすめていた。隙《すき》がなく、完璧な『処置』だった。

ホテルまで男性を送り届けると、バシリスは丁寧なイタリア語でフロントに事情を話し、男の連れが上階から下りてくるまでホールで待ち、最後に朗《ほが》らかに微笑《ほほえ》んだ。

「今日はゆっくりなさるといい。旅でお疲れになったんでしょう」

「ありがとうございました。このお礼は、どちらに……」

「教会に献金でもしてください。私はバチカンに所属しているので」

バシリスが十字を切ってみせると、男は何かの冗談だと思ったらしく、破顔し、二人の前で祈る仕草を見せた。

「ありがとうございます。あなた方に神のご加護がありますように」

バシリスは笑顔で手を組み、軽く頭を下げた。

「上着を敷いたのはファインプレーだったな。おかげで手が潰《つぶ》れずにすんだよ」

石畳に打ち付けられ、赤くなってしまった手を、バシリスは軽く振ってみせた。

困惑し、鼻の頭をもみほぐしつつ、ガブリエーレは問いかけた。

「………神父《パードレ》じゃなく、医師《ドットーレ》？」

「両方だ。俺はまず医者になった後に、この業界に入った。患者の一人がV案件でな。胸糞《むなくそ》の悪い事件だった。聖職者の肩書きは、まあその後にもらったようなものだよ」

「……最初に言ってくれたら」

「いやあ悪い悪い。どこかのタイミングでびっくりさせようと思っていたんだがな」

とは言いつつ悪びれないバシリスは、笑ってガブリエーレの背中を叩いた。わかってはいたものの、自分の素性《すじよう》を当たり前のように全て相手に握られているという感覚は愉快なものではなかった。

何を言えばいいのかと考えあぐねているうち、ガブリエーレはふと一つの可能性に思い至った。

「バチカンには、医学的な研究をしているセクションが？　医師を募集することもあるんですか」

「ある。だがそれはバチカンでの研究職だ。ニポーテじゃない」

「ああ……」

何を研究しているのかと、ガブリエーレは尋ねられなかった。言えない、とごまかされそうな気もしたし、ダンピールの人体実験をしているなどと答えられたら、どんな顔をしてこの男と付き合えばいいのかもわからなくなりそうだった。

俯《うつむ》きがちに歩くガブリエーレの隣で、バシリスは笑った。

「じゃ、俺は引き続き観光を楽しむよ。君もいい一日を過ごしたまえ。えー、今日は、パトロールだったかな？　頑張ってくれ」

「……？」

ガブリエーレは再び困惑した。

当て推量だと思いたかったが、バシリスは何故《なぜ》か、さっきかっぱと話したばかりのことを正しく知っていた。

何故。

何故そんなことを知っているのかと。

これだけは尋ねようと思った時には、Tシャツを着た大きな背中は、既《すで》にガブリエーレから遠ざかるところだった。

「…………」

バシリスは謎の多い男だった。

だが悪人ではない。ガブリエーレは今日、そう確信した。

そもそも目の前でてんかんの発作を起こした人間を放っておける人間は、医師を志《こころざ》そうとはしない気がした。

「……志望動機と活動内容、聞いてやればよかった」

患者がV案件、胸糞の悪い事件だった、という断片的な言葉から、ある程度の推測はできたが、それでも「悪い夢だったと忘れよう」とすれば、それで終わることもある。しかしバシリスはそうしなかった。そしてバチカンに所属し、今ではガブリエーレのような新人ニポーテにトライアルを課す存在になっている。

一体全体どうしてそんなことになったのか、明日の朝食の際にはぜひとも尋ねてやろうと、ガブリエーレは心に誓った。その時。

「あのう！」

突然、誰かが背後から声をかけてきた。

ガブリエーレが振り向くと、白いワンピースの女性が立っていた。息を切らして走ってきたらしく、淡い茶色の髪を乱し、肩で息をしながら、膝《ひざ》に手を置き俯いている。

顔を上げた女性は、ガブリエーレの顔をまっすぐに見た。髪と同じ茶色の瞳は、はっとするほど澄《す》み切った色をしていた。

「あの、さきほど、発作を起こした婚約者がお世話になったと、ホテルのフロントでうかがいました。私……慌てて……追いかけてきたんです」

発作を起こした男性の付添人であるようだった。ガブリエーレは女性が少し落ち着いてから、微かな笑みを浮かべながら話し始めた。バシリスにそっくりの『患者に説明をする医師』の顔だった。違うのは免状がないことだけである。

「どうぞお気になさらず。それより、また発作が起こる可能性もあります。今は近くについていてあげてください」

「彼のお母さんがそばにいて、介抱していますから、私はいいんです。本当に、何て申し上げたらいいのか……あの……すみません。息が切れてしまって……」

ガブリエーレは眉間《みけん》に皺《しわ》を寄せた。女性は確かに息を切らしていたが、おかしいのはそれだけではなかった。

ほっそりとした白い首に、黒いもやがまとわりついている。

目の錯覚か、ただの影か、とガブリエーレは数回、きつくまばたきをして確かめたが、影は消えず、それどころかもわもわとした形を大きくしていった。まるで女性の首に、半透明な黒い襟巻を巻き付けるように。

テネブレである。

ガブリエーレは一転、陽気な笑みを浮かべてみせた後、携帯端末を取り出した。

「でしたらちょうどいい。どこかで少し休みませんか。お茶を飲みたいと思っていたんです。俺の友人もやってきますが、それでもよろしければ」

「もちろんです。お支払いさせてください」

「いえ、そういうことはお気になさらず」

ガブリエーレは流れ作業のようにカフェに入り、何食わぬ顔でかっぱを呼び、女性と共にペリエを飲んだ。五分でゆくという返信を受け取り、ガブリエーレは基本情報の収集に努めることにした。

スイスからやってきたという女性は、トスカーナに住んでいる婚約者と共に、フィレンツェ観光をしているところだという。

「大学で知り合って、ずっと付き合っているんです。彼の実家はオルチャ渓谷《けいこく》の近くの、小さな村で」

「景勝地《けいしょうち》ですね」

「そうなんです。逗留《とうりゅう》させてもらったんですが、本当にきれいなところで」

させてもらった、という言葉に不思議なものを感じ、ガブリエーレが首をかしげると、女性はどこか悲しそうな顔で笑った。

「彼の家、民泊の事業を進めているところなんです。村の中に中世から保存されているきれいな塔や、倉庫が残っているので、そういう雰囲気を楽しんでもらえる宿になるようにって」

「ああ、古い家屋《かおく》に手を入れて宿泊施設にする試みは、イタリア中で流行していますね」

「ええ。全部がうまくいくとは限りませんけれど」

ぞわりと。

女性の首に巻き付いたテネブレが波打ち、盛り上がった時、女性は顔を上げた。

「いらしたみたいですよ」

「え?」

ガブリエーレが振り向くと、かっぱが小走りにやってくるところだった。サーモンピンクのシャツの上に茶色のジャケットを引っかけて、いつもと同じチノパンと靴で駆けてくる。

こんにちは、と挨拶《あいさつ》をするのと同時に、かっぱは不自然に見えないようにテーブルに手を置き、女性のテネブレに近づいて、軽く払った。

黒い塊《かたまり》は、息を吹きかけられたシャボン玉のように、ふわりと舞い上がり、弾《はじ》けて消えた。

だがすぐ同じものが、女性の中から湧き出してきて、首筋にまとわりつく。

厄介《やっかい》かもしれないなと思いつつ、ガブリエーレは笑みを崩さず、かっぱを紹介した。

「えー、こちらは自分の友人の……」

「サトルです。どうぞよろしく」

「ルチアです。こちらこそよろしく。わあ、お二人はご兄弟みたいですね」

「そうですか？　あんまり似てないでしょう、俺たち」

「でも雰囲気が似ています。何だか落ち着く感じがして」

ルチアは笑っていた。テネブレを発生させている人間は、強い憂鬱《ゆううつ》感や不安感に苛《さいな》まれているはずである。にもかかわらず笑顔を浮かべ続けていることに、ガブリエーレは不安を感じた。

かっぱもそれは同じようで、何の話をしていたのかとガブリエーレに問いかけ、早々に二人の話題に追いつこうとしていた。

話がトスカーナ地方の民泊のことに及ぶと、ルチアの首にまとわりついたテネブレたちは、いっそうその色を濃くし、闇《やみ》の塊になった。

かっぱは最初、興味深そうに目をキラキラさせながら話を聞いていたが、次第に表情を落ち着かせ、相手の気持ちに寄り添うように、ルチアの言葉に相槌《あいづち》を重ねていった。

「じゃあ、婚約者の方とルチアさんは、どちらも大学で過疎地域の再開発について学んでいらしたんですね」

「ええ。イタリアだけではなく、私の国スイスでも大きな課題になっていますから。サトルさんは日本の方でしょう？　過疎といえば日本も同じでしょうね」

「ええ。俺はしばらく戻っていませんが、いろいろな問題が起きていますよ」

しばらくね、とガブリエーレは無言でかっぱの言葉を反芻《はんすう》した。もう三百年以上帰国できずにいるダンピールは、それでも『ちょっと観光にやってきた日本人』『留学生』あるいは『ワーキングホリデーの若者』という『加藤悟《かとうさとる》』のポジションに馴染めるように、日々つまらない本やSNSを覗《のぞ》いて、役作りの情報収集に余念がない。

微塵《みじん》も違和感を抱いた様子はなく、ルチアは話を続けた。

「『町おこし』という言葉がありますけれど、単純なことではないんです。仮に小さな村の中に、非常に集客性の高い、テーマパークのようなコンテンツが生まれたとしたらどうなるか。お客さんは次々に集まり、車も押し寄せ、最終的にはその村の伝統や閑静《かんせい》な空気は壊れてしまうでしょう。テーマパークにのみ込まれてしまうだけです。それは『町おこし』ではなく、町の破壊です。肝要なのは、『お客さんがやってくるけれど、過剰には来過ぎないこと』、それでいて『町の経済が潤うこと』、この二つの両立なんです」

「ううん、聞けば聞くほど難しい課題に感じます」

「実際にそういうものですから」

ルチアは笑顔で話を続けていた。黒々としたテネブレは、今や鋼鉄の首輪のようにルチアに巻き付いている。

突破口を開こうと、ガブリエーレは石を投げてみることにした。

「しかし、婚約者の方も同じことを勉強なさっていたんでしょう。プロフェッショナルが二人もいるのなら、彼の村は安泰ですね。そのうち他の村の人が、勉強するためにやってくるかもしれない」

ぞわりと。

ルチアの首に巻き付いたテネブレは躍動し、棘《とげ》のようなものを見せた。こちらに近づくな、と威嚇《いかく》するようなテネブレの様子にも、かっぱは微塵も動じず、穏やかな微笑を浮かべるだけだった。

「……何か、気になっていらっしゃることがあるんですか」

「え？」

「浮かない顔をしていらっしゃるので」

ガブリエーレの開いた道に、かっぱが切り込んでゆくと、ルチアは思い出したように明るい表情を作り、にこにこと笑ってみせた。その笑顔が痛々しくて、ガブリエーレが眉を下げると、ルチアは気まずそうに顔を伏せた。取り繕《つくろ》っていたことを、ルチアは自覚していたようだった。

　ペリエのおかわりを注文した後、ルチアは気を取り直したように笑みを浮かべ、話題を変えた。

「そういえば、お二人は結婚していらっしゃいますか？」

「ガブリエーレは独身ですが、俺は故郷に恋人がいます。帰国したら結婚する約束をしています」

「まあ」

「彼女の家は日本の北部にある世界遺産集落の家で、やっぱり民泊事業を考えているところみたいです。俺がイタリアにいる理由は学業ですけれど、彼女の家の仕事の役に立てたらって気持ちもあって、そういうことも勉強しています。だからルチアさんのお話、とても参考になります」

　テネブレは脈打ち、闇の首輪はぐるぐるとルチアの首を回った。ルチアのような親を持つテネブレは、街の周囲のテネブレを集め、増幅してゆくものである。だが周囲に、仲間のテネブレの姿は見えない。

　全てルチアが吸収しているようだった。

　これは相当根深い悩みなのかもしれない、とガブリエーレが身構えたところで、ルチアは口を開いた。顔には笑顔が張り付けられていたが、本来の表情とあまりにもちぐはぐで、失敗した感情のパッチワークのようだった。

「……サトルさんは、ご自分が、彼女に必要とされているって感じますか？」

「どうでしょう。しばらく離れているので。でも、愛し合っているとは思います。それはやっぱり、必要とされているってことなのかな」

「そうですか」

ルチアは黙り込み、ペリエを一口飲んだ後、思い出したようにこぼした。

「男性に相談するようなことでもありませんけど……私、最近、本当に彼に愛されているのかなって……不安で」

「『愛されているか』？」

ガブリエーレはきょとんとした。奇妙な話だと思った。ルチアの婚約者は、いつ発作を起こすかわからない持病を持っている。婚約者のいる生活といない生活を天秤《てんびん》にかければ、どちらがよりよいものかは自明のはずだった。

そこまで考えた時、ガブリエーレは問題の片隅《かたすみ》にたどりついた気がした。

ルチアは微苦笑を浮かべながら話し続けていた。

「もちろん彼に『必要とされている』とは感じます。彼には持病もあるし、私たちはどちらも同じ分野の研究をしてきた人間なので、町おこしには複数の担《にな》い手がいたほうがよいこともわかっているし……でも……それは、『必要』であって、その逆ではないんじゃないかなって」

「必要性を前提とした好意、だと?」

「ああ、そう言われるととてもわかりやすいです。役に立つからスイスのアーミーナイフを大切にしても、それを愛しているとは言わないでしょう。少なくとも彼のお母さんは、私のことをそういうふうに見てるってわかります」

よく働く機械みたいに、と告げるルチアは、自嘲《じちょう》的な顔をしていた。

「たぶん彼と結婚したら、私は村のためにたくさん働くことになるんでしょう。彼も私もたくさん働いて、村の人たちに感謝されて、イタリアの小さな村に根付く伝統を守る手伝いができるかもしれません。それは私が『こうありたい』と願っていた将来の姿そのものです。でも……そんなに簡単なことじゃないんです。失敗した時のリスクだって大きい。破壊してはいけないものを破壊してしまう可能性だってある。そうなったら私は……村の人間でもない私は、さび付いたナイフみたいに要らなくなってしまうんじゃないかって……それがとても怖いです」

告解をする修道女のように、ルチアはそれだけ告げると手を組み、自分の額《ひたい》に置き、ああ、と小さく呻《うめ》いた。そして軽く涙をぬぐうと、思い出したようにペリエを飲んだ。

「ごめんなさい。何だか変な話を聞かせちゃった。サトルさんは聞き上手ですね」

かっぱは少しだけ微笑み、口を開いた。ここからが真骨頂《しんこっちょう》だ、とガブリエーレは傍観しつつ、テーブルの下で握り拳《こぶし》を作った。

「俺は、日本人です。イタリアはとても好きな国ですが、やっぱり疎外《そがい》感を感じることもあります。アジア人の顔をしていますからね」

「私も。『ああスイス人ね』って顔で見られることはありますよ」

「きっと人間はどこでも同じなんです。自分と同じ仲間を見つけては、自分と違う相手をはじきだす。そうやって集合体を保っている部分が、多かれ少なかれあるんじゃないでしょうか」

「それは同感。草食動物の癖みたいなものかしらね」

「でも俺は、それでもイタリアにいたいと思っています。彼女の暮らす日本にいつかは戻るとしても、今の俺はイタリアにいて、それを楽しんでいます。仲間外れにされることはあっても、仲間に入れてもらえることもありますから」

「……そうね」

「結婚って、『あなたと私はずっと仲間』っていう、そういう契約として見ることもできると思いますが、だからといってずっとその人のために尽くさなくちゃいけないなんて約束では、ないんじゃないでしょうか」

「あははは。サトルさん、今の言葉は彼女さんには黙っていてあげますね」

「本当ですよ。だってあなたの人生は、間違いなくあなただけのものでしょう」

ルチアの茶色の瞳は大きく見開かれた。

ぐねぐねと動き続けていたテネブレたちも、驚いたように動きを止めた。

かっぱは静かに言葉を続けた。

「自分のことを、一番大事にしてあげてください。仮にあなたが、ご自分やご自分の選択に対して、何か気に病むことがあるのだとしても、それはそれです。一番自分の居心地のいい場所を選んで、そこで過ごしてほしいな……もし自分の大事な人が、そういう立場に置かれているとしたら、俺はそう伝えたいです」

かっぱの言葉はルチアの中に静かに染み入っているようだった。嘘《うそ》がないからである。

このダンピールは心からそう思っているのだと、ガブリエーレはしみじみと感じた。

テネブレに苦しめられているという共通点はあるにせよ、フィレンツェに現れる赤の他人たちの話を聞き、苦しみを聞き出し、それを緩和することが、かっぱにとっての『テネブレ退治』であった。そうすれば最終的にかっぱが摂取するテネブレは少量ですみ、かっぱは忘却の病《ぼうきゃくやまい》の進行を遅らせることができる。

打算のため、ということも可能ではあった。

だがガブリエーレが見ているのは、掛け値なしのシンパシーの言葉だった。

「俺が言うのも変なお話ですが、ルチアさんはまだとてもお若いでしょう。一度の選択で人生の全てが決まってしまうように思う必要は、ないんじゃないでしょうか」

「それって、うまくいかなかったら離婚も考えなよってこと？」

「ええまあ、端的に言うなら」

ルチアは再び笑い、しばらくじっと黙り込み、自分の心臓を覗き込むように俯いた後、穏やかに顔を上げた。表情は静かだった。

「……打算があったんだと思います。彼の家がイタリアの小さな村だって聞いた時、自分の力を試せる、私にぴったりの相手だと思ったんです。愛とか、そういうものは、その次に考えたような気がする。私は自分にぴったりのパズルのピースを探していて、それで彼を選び出したんです。そのしっぺ返しを今、受けているんだと思う」

「それは『理想の相手を見つけた』って気持ちとは違ったんでしょうか」

「どっちかっていうと『腕試しの素材』に近かったかもしれません。私、負けん気が強いから」

「でも、今は彼を愛している」

「……どうしてそう思うんですか？」

「愛してもいない人のことを気にかけて、自分の選択を迷う人はいませんから」

ルチアはしばらく黙った後、思い出したように笑った。これもまた作り笑いかと、ガブリエーレは少し身構えるような気持ちになったが、ルチアの顔はすっきりしていた。

ああこの女性は今、笑いたいから笑っているのだと。

ガブリエーレはその時気づいた。

「…………うん。それもそうね。確かに私は彼のことを好きだし、彼も私のことを気にかけてくれている。とりあえずこのまま、やれるだけやってみるのもいいかもしれない。町おこしは私たち二人の夢だもの。私にも彼にも、どんな打算があったっていい。やりたいことがあるんだもの。そこに挑みもしないうちに逃げるのだけは、私は嫌」

「そうですか」

「うん。前から思っていたけれど、私はやっぱり自分本位ね。イタリアの村の中では、『愛が一番、家族が一番』って声がたくさん聞こえてくるけれど、それはそれよ。私は自分の夢の実現が一番。そのために彼と結婚するのだって、やっぱり悪くない気がする。地域社会に馴染むには、その土地の人と結婚するのが一番手っ取り早いしね」

「いや、それはどうかと……」

ガブリエーレが口をはさむと、ルチアは笑った。

「今のは半分冗談です。彼、とても素敵な人なんですよ。少しお母さんにべったりしすぎなところはあるけれど、まあ、イタリア人だし」

「……確かに、そういう部分はありますね……」

ガブリエーレは苦虫を噛み潰したような顔で頷《うなず》かざるを得なかった。アメリカで得た学友たちの母親との距離感と、イタリアの友人たちの母親との距離感は、明らかに異なるものだった。特に男友達と母親との距離感が違った。イタリア人の男にとって、マンマとは宇宙の半分くらいを意味する言葉なのかもしれないと、ガブリエーレはしみじみしたものである。

ルチアの首に巻き付いたテネブレは、今はタイヤのような首輪ではなく、クリスマスのリースのような細さになっていた。

ペリエを飲み終わってしまうと、ルチアはフロアスタッフを呼び、二人に何を食べますかと問いかけた。目の前で黒々としたもやが渦巻く様子を見てしまった直後である。それほど食欲も湧かず、ガブリエーレが肩をすくめると、ルチアはピザのマルゲリータを注文した。

「スイス人ですけど知ってますよ。マルゲリータって、王妃さまの名前なんでしょう。イタリア半島が統一された時の王さまはヴィットーリオ・エマヌエーレ二世ですけれど、その息子ウンベルト一世の配偶者で、彼女がナポリを訪問した時に献上されたピザがマルゲリータ。トマトの赤、モッツァレラの白、バジルの緑でイタリア国旗にそっくりだから、王妃さまは大いにピザを気に入って、それで彼女の名前がついた」

「よくご存じですね」

「マルゲリータ王妃のことは好きなんです。ピザだって庶民《しょみん》の食べ物ですけれど、そういうものを好む王妃さまで、芸術振興や文化学術に力を注いだ人。上からの施策《しさく》だったことはもちろんですけれど、私そういう、『自分のできることをきちんとする』タイプの人、とても尊敬します」

「自分のできることをきちんと、ですか」

「ええ。私もそうありたいんです」

それからしばらく、ガブリエーレやかっぱたちと、どうでもいい世間話に興じている間に、テーブルにはほかほかのピザが運ばれてきた。敷き詰められたチーズはふわふわで、トマトはやわらかそうな半生で、バジルからはぴりりとしたかおりが漂っている。

わあ、とルチアは目を輝かせた。

「おいしそう……」

「お腹《なか》が減っていたんですね」

「ええ、さっきから鬱々とした気分だったんですけど、なあんだ、お腹が減ってただけだったのかしら。さあ、食べちゃいましょう！　ホテルに戻ったらきっとまた、彼のお母さんから小言を言われるでしょうけれど、そんなの知ったことじゃないわ。かっこいい男性二人とピザなんか食べちゃう。豪遊よ」

「そうですね。豪遊しましょう」

「サトル、そういう時にはワインもすすめておけって」

「あらまあ。そこまではさすがにやめておきますけど」

三人でピザを分け合った後、ルチアは三人分のペリエとピザの勘定を持ち、ホテルへと去っていった。何度も何度もお辞儀をしながら。何度も、何度も。

「…………首尾は？」

「うまくいきました」

カフェテラスに座ったまま、かっぱは指先でビーズ細工の腕輪のようなものを弄《もてあそ》んでいた。極限まで細くなったテネブレの塊である。

かっぱはそれを口の中に放り込むと、ペリエの残り数センチと一緒に飲み込んだ。

あの極太のタイヤのような密度のテネブレを、こんなふうに食べなければならないとしたら、相当の苦行になるだろうと、ガブリエーレは想像した。そもそもテネブレに味や食感はあるのかなど、わからないことは多かったが、食べれば食べるだけ、過去の記憶を忘れてしまう毒であることは確かである。少ないに越したことはなかった。

「おつかれさまだな。もっと何か食べてから行くか」

「いえ、俺はもうこれで十分です。パトロール、ありがとうございました」

「今回は運がよかったんだ」

バシリスと救護をした相手の婚約者がテネブレの親で、と告げかけたところで、ガブリエーレはふと思い出した。

「彼女の婚約者は持病持ちだ」

「それが何か？」

「………いや、何でもない」

ルチアは婚約者への愛を打算であると言った。だが大抵の場合、愛を『打算』と告げるような人間は、身体に困難をかかえる人間に対して近づこうとは思わない。多少とはいえ、病院での人間模様を垣間《かいま》見てきたガブリエーレには、実利を重んじる人間というものが、どれほど身勝手で自分本位になれるものか、ある程度はわかっているつもりだった。

「人間っていうのは……面白い生き物だな」

「ガビー、いきなりVみたいなことを言うね」

「そういう意味じゃなくてだな……」

何に苦しんでいるのか、あるいは自分の中の何に苦しめられているのか。

千差万別という言葉が、これほど似合う様相もなかった。

誠意の強い人間なのだろうと、ルチアの消えていった方角を見送りながら、ガブリエーレは彼女の幸福を願った。

「さて、行くか」

「ああ、せっかくだから俺は、市場できのこを買ってから……」

「生のポルチーニだな。俺が買って行く。先に帰ってろ」

テネブレを摂取した直後のかっぱは、体調を崩すことも多い。かっぱを気遣いつつ、ガブリエーレはメルカートの方角へと向かった。

「…………愛と打算、なあ」

ガブリエーレが考えるのは、ニポーテになりたいと思っている自分のことだった。

ガブリエーレの考えるところ、愛には必ず打算が付きまとうものだった。バチカン名物の聖人たちでもない限り、愛すなわち『与える行為』には、何らかの『得るもの』が付きまとうのである。愛に区別があるとしたら、当人が打算に気づいているかいないか、それだけである。

ガブリエーレ自身も、例外ではない。

何故ニポーテになりたいのか。

この問題の『愛』について考えるのは簡単だった。パオロが大切に思っていた相手との交友関係を築きたい。そして遠回りでも、パオロと彼との紐帯《ちゅうたい》を切らずにいてやりたい。

だがそこにあるはずの『打算』とは、何なのか。

自分の中に答えが見つからないことに、ガブリエーレは焦った。ニポーテという、危険さと収入がまるで見合わない職業を選ぶことで、自分にはどのような『得るもの』があるのか。

ガブリエーレにはそれが見えなかった。

自分自身の足元から伸びる影の黒さにぞっとするような気持ちで、ガブリエーレは石畳の上を歩き続けた。そんなに気にすることでもない、かっぱは不憫《ふびん》ないいやつだから何かしてやりたいという気持ちになりやすいだろうしと、自分に言い聞かせながら歩いているうち。

「ん……？」

キャーッという悲鳴は、今度は間近ではなく遠くから聞こえた。だが悲鳴が続く。近づいてくる。

ガブリエーレが身構えた時、体の脇を突風が駆け抜けていった。

ばらばらとカフェテラスのプラスチックの椅子《いす》が転げ、パラソルが飛ばされる。露店で売られていたキーホルダーや絵はがきなどの商品が、風に舞い上げられて空に散る。

「何だよ、これ」

ユーロスターが通過したような速度で、数ブロック先から通り抜けてきた風が、ガブリエーレには微かに、黒く霞《かすみ》がかかって見えた。

CAPITOLO TERZO

「『意志を持った風』?」

「そう見えた。いや、風が『見えた』って表現は、おかしいんだが……」

翌日の朝九時。

かっぱ、ガブリエーレ、バシリスの三人は、小さなテーブルを囲んで顔をつき合わせていた。朝食は牛乳にヨーグルト、イチジクとぶどうに、ビスコッティとチーズ。平均的なイタリアの朝食の風景だな、とガブリエーレは苦笑した。会話の内容はまるで『平均的』ではないが。

アパートにやってくる途中に購入したとおぼしき地方新聞を、バシリスはテーブルの隅《すみ》に広げた。

「『フィレンツェ歴史地区全域、突風警報発令』。これだな」

赤い地に白抜きで書かれたゴシック体の見出しの下には、ぶちまけられた屋台の品々や、頭を抱えるカフェテリアの店主たちの姿がとらえられていた。

フィレンツェ歴史地区を、奇妙な突風が襲っている。

それも継続的に。

「そもそもフィレンツェは突風が吹き込むような地域ではありません。何年も暮らしていますが、こんな警報が出ること自体が前代未聞です。しかも旧市街に……」

「かっぱ、お前は何も感じないのか」

ガブリエーレが尋ねると、かっぱは小さく肩をすくめた。

「……テネブレの気配はあるよ。でも、雑音が多くて」

「雑音？」

「…………」

黙り込んだかっぱの言葉を引き取るように、バシリスが声をあげた。

「まあそれはいい。Ｋ、Ｖの気配は」

「今のところありませんが、潜伏し、秘匿《ひとく》されている可能性もあります」

「しかしまあ、バチカンの感覚じゃ、ヴァンピーロが風を起こして何の得があるんだって感じもするがなあ」

「今のフィレンツェにいるＶは、変なやつなんですよ」

ガブリエーレがぼそりとこぼすと、ガビー、とかっぱが窘《たしな》めた。

「あまりＶの話をしないで。呼ぶことになりかねない」

「そ、そんなことがあるのか」

「地獄《じごく》耳だから、どこで何を聞いているのかわからない」

「フィレンツェのＶ案件が面白いことになっているのは俺も知っているよ。だがそれにしても、突風でお前の気を引こうってほど、遠まわしな手を使うタイプじゃないだろう」

「…………」

かっぱは少し黙り込んだ後、そうですね、と頷《うなず》いた。

ガブリエーレはバシリスをちらりと睨《にら》んだ。確かにフィレンツェに住まうヴァンピーロは『面白い』手合いかもしれなかった。かっぱという長年ダンピールを続けた存在を、Vの道に引き込もうとあの手この手で試しており、かっぱの周辺の人物や、日本からやってきた観光客に積極的にちょっかいを出し、テネブレをとりつかせたり、偽《にせ》の情報を与えてヴァンピーロにさせたりする。

それを『面白いこと』と、被害に遭っている当人の前で言う神経は、ガブリエーレにはなかった。

わかっているのかいないのか、バシリスは気まずそうに笑った。

「いずれにせよ調査が必要だ。かっぱ、ガブリエーレ、頼んだぞ。俺はP部門の協力を仰いでみる。何かヒントがもらえるかもしれない」

P部門とはプレディツィオーネ、バチカンに存在する予知専門の部門である。とはいえ何年も先のことを見通すのではなく、次の怪異がどこで起こるかなど、限定的なことしか『告げる』ことはできない。

緊迫した空気の朝食を終えると、バシリスはアパートを後にした。自分のホテルで連絡を待つという。

「のんびりしてるぜ。俺と一緒に足を使えばいいのに」

「彼には彼の方法があるんだと思う。好きなようにやらせておこう」

「それもそうだな」

かっぱと二手に分かれてパトロールをすると決め、部屋を出る前に、ガブリエーレはかっぱを呼び止めた。

「なあ」

「何？」

「あのオッサン、気に食わないなら追い返したっていいんじゃないのか」

「どうして？　悪い人じゃないと思うよ」

「無神経具合がな……どうも俺の親父《おやじ》を思い出す」

「あんな人だった？」

「いや、もっと最低だったよ」

ガブリエーレの父との確執の始まりは、まだ幼い頃のことだった。

勤務地である病院まで、送迎を担当させている運転手を、ある日突然くびにした。

運転手のマルコは、時間を見つけてガブリエーレとおもちゃで遊んでくれる数少ない存在だったので、ガブリエーレは父親に抗議したが、父親は息子を一顧《いっこ》だにしなかった。ただ数日後、常《つね》ならば無言のまま始まり終わる朝食の席で、一言を告げただけだった。

『あれはお前の邪魔になる』と。

ガブリエーレは生まれた時から、父親のスペアとして育つことを期待され、決定されていた。全ての時間はそのために存在し、それ以外の事柄は一律『無駄』だった。家庭教師と知育絵本を読む時間は必要であっても、車の運転手とおもちゃで遊ぶ時間は必要なかったのである。

成長するにしたがって、ガブリエーレは父親と距離を置くことを覚えた。だが全ての行状が見えていなかったわけではない。医師というより経営者である父親の最大の目的は、地方の有力者と縁を得て、病院の力を増強してゆくことだった。高額所得者層にのみ開かれた病院というありかたも、貧困層への寄付金を盾に、日を追うごとに推進してゆく。訴えられる恐れがない範囲での横暴は日常茶飯事《さはんじ》で、気に食わない意見を奏上する新人医師を蹴落とし、出世の機会を奪うこともたびたびで、いつか殺してやると脅《おど》されることにもすっかり慣れてしまっていた。周囲にいるのは、全ての事柄において彼に賛同している、コーラスグループのような取り巻きだけである。悪評はあったが、富裕層にはサービス満点で態度もよい病院であるため、経営上の問題にはならない。

そのうち病院に政治家と芸能人しか来なくなるのではないかと、ガブリエーレが軽口をたたくと、できればそうであってほしいのだが、と父親は答えた。

邪魔者は必要ない。無駄は省《はぶ》く。

富める者には親切に。貧しい人間は相手にしない。

ガブリエーレの考える、『医師という存在の価値』と、父親の理念とは、最初から最後まで相いれないものだった。

「……金と権力にしか興味がない。高圧的で、いつも人を見下してる。ああはなりたくないと思ったね」

「そこまで？」

「笑い話みたいなもんだ。あいつを知ってる人間なら、そう不思議には思わないはずだぜ」

「……ガビーも苦労してきたんだね」

「苦労ってほどの苦労はしてない。おかげで金持ちの家だったからな。そこに関しては負い目がないわけじゃないが……何を話してるんだろうな、俺は」

「ガビー」

一歩、かっぱはガブリエーレとの距離を詰め、心の中を覗《のぞ》き込むように、じっとはしばみ色の瞳を見つめた。

「ガビー、ニポーテになることは、お医者さんになることとは少し違うよ。でも共通点があるとすれば、最終的に問われるのは『何故《なぜ》自分がそれをしたいか』。心の問題とか、志望動機みたいなものだよ。パオロの場合はシンプルだった。『自分がテネブレを見るのは神のご意志だろう。だからそのご意志の導くところを知りたい』」

「最後のほうはそれだけじゃなかったと思うぞ」

「それは結果論。彼が俺のことを大事に思ってくれていたのはわかってる。でも最初からそうだったわけじゃないし、俺との関係はオマケみたいなものだと思ったほうがいい。特にパオロやガビーみたいな人たちは」

「っていうと？」

「……優しい人たち」

言いよどんだ後、かっぱは瞳に力を込めた。

「ガビー、まず自分のことを考えて。わかってるだろう。きっと医学部だって、法学部だって、自分の中に動機がない人は、途中でドロップアウトしたんじゃないかな。俺のために情に流されるようなことがあれば、それは最終的に、ガビーの身を亡《ほろ》ぼす。それに……俺は……いつかは君やパオロの優しさを裏切ることになるんだから」

「裏切る?」

忘れてしまうから、と。

消え入るように付け加え、かっぱは目を逸《そ》らし、部屋を出ていった。呼び止める暇もなかったため、ガブリエーレは取り残された。自然とため息が出た。

「心配をかけたくないとでも思ってるなら、もう少しうまくやってほしいもんだ……!」

かっぱの携帯端末宛《あて》に『あとでしこたま話をしよう』と一言書き送り、ガブリエーレも部屋を出た。

フィレンツェの街は、いつものように観光客であふれていたが、露天商たちの様子だけが常と違った。

いつ突風が吹いてもいいように、重石《おもし》になりそうなガラクタで地面に固定されている店。突風が吹く間は休業と決め、すっぽりと緑色のビニールシートで覆《おお》われてしまった店。風に飛ばされてしまいそうなものは店先に出さなくなり、新聞も雑誌もなくなったスタンド。

営業範囲を店内飲食のみに切り替えたため、店の前ががらんとしてしまったカフェ。

新聞や地方ニュースの中でしか、『突風』を知らない観光客と違って、地域に根差した人々の恐怖は本物だった。風に舞い上げられたプラスチックの椅子《いす》が落下し、怪我《けが》をした人間もいるという。それが続くというのなら、被害は経済面には留まらず、怪我人も増えてゆくはずである。

もしテネブレの仕業であるのだとしたら、放っておくわけにはいかなかった。

しかし街の中にテネブレの気配はほとんどなかった。ついこの間かっぱと祓《はら》ったルチアの案件からも、ほとんど日が経《た》っていない。歴史地区近辺の野良テネブレたちは、ルチアのテネブレに引き寄せられ、一掃されたばかりのはずである。

掃除をしたばかりの家の中に、埃《ほこり》がたまっているのは道理に合わない。

これは一体どういうことなのかと思いながら、ガブリエーレは街中を歩き回った。突風は吹かない。よいことではあったが、調査にも実りがない。

一時間歩き回ったガブリエーレが、ストロッツィ宮の近くまで戻り、あと三十分ぶらぶらして何も起こらなかったら帰ろうかと思った、その時。

ドミノ倒しのように、甲高《かんだか》い悲鳴が次々とあがり、近づいてきた。

埃が舞い上がり、目の中に入りそうになり、ガブリエーレは顔を覆った。

風の音が耳の中を駆け抜けてゆく。けたたましい音を立てて、カフェのひさしが風をはらむ。

「！」

腰を落として構えた時、ガブリエーレの足元を、何かが駆け抜けていった。

連隊を組んで飛びまわる小鳥たちのような、小さく黒いつぶての塊《かたまり》。

そして闇《やみ》の気配。

一瞬ではあったが、ガブリエーレは確かに見た。

「……見えたぞ。ちょっとだけだが……」

「あんた！　危ないよ！」

声をかけられたガブリエーレは、通りすがりの女性に手荒く押され、近くの店の屋根の下に押し込められた。

直後、さっきまで立っていた場所に、段ボールの箱が落ちてきた。

「…………」

「まーまー、危なかったね」

「助けてくださって、ありがとうございました」

「立ちすくんじゃってたものねえ。怖かったの？　それとも風と戦おうとしてたの？」

「戦おうとしてました。これからも戦います」

「あらまあ。じゃあ早くやっつけてね。みんな迷惑してるのよ」

言いながら、女性は店の中に引っ込んでいった。フィレンツェ近郊で作られている、細かな花を木綿布《もめん》に刺繍《ししゅう》した手芸品を扱っていて、いつもは店の外に出しているのであろうカートが、狭い店の中に押し込められていた。

「…………やれることはやってやるさ」

ガブリエーレは呟《つぶや》き、小さな店の軒下《のき》を出た。

三日後。

ガブリエーレとかっぱ、そしてバシリスの三人は、朝の会合を始めていた。三日前はのどかな朝食のついでのような打ち合わせだったが、突風事件が収まらない今、打ち合わせは作戦会議の様相を帯びていた。

九十九チェンテージミ・ショップ――日本風に言うなら『百円ショップ』――で購入してきた、小さなホワイトボードに、ガブリエーレはフィレンツェ旧市街の観光マップをはりつけ、その上を赤いペンでなぞっていた。

「今までに俺たち三人が遭遇した風の軌道を書き込んだ。この風には意志がある。かっぱも感じてるし、俺も黒い塊を見た。テネブレの亜種みたいなものだろう。おおかたの場合、町の北から南へと吹くが、ストロッツィ宮近辺よりも南では観測されたことがない。ヴェツキオ橋から南は言うにおよばずだ。この風はアルノ川を越えない」

「『風の終点』があるってこと？」

「俺はそう思う。まあデータがな、遭遇八回じゃ大した統計にはならないが」

とはいえ、三日間で八回の風との遭遇である。アパートで寝ている最中、遠くから聞こえてくる悲鳴を数にいれれば、十五回はくだらないはずである。

フィレンツェの街は恐々《こわごわ》とかたまっているようだった。

「風の正体に関してだが、俺もかっぱも似たようなものを見た。テネブレそっくりのもやの塊だ。凄《すご》い勢いで街の中を駆け回ってる」

「どうにかしたいもんだが、Ｐはないしなあ」

予知はない、と告げつつ、バシリスは朝食用の干しブドウとチーズを交互につまんでいた。本当に『どうにかしたい』と思っているのかと多少苛立《いらだ》ちつつ、ガブリエーレは笑って言葉を続けた。

「それで考えました。名付けて『当たり屋作戦』」

「当たり屋？」

「単純に言うと、誰かがあの風の黒い塊に体ごとぶつかってみようってだけの話なんだが」

「駄目」

と。

バシリスは干しブドウをつまみかけていた手を止めた。

かっぱの声は厳しく、瞳は強くガブリエーレを見つめていた。

「俺がやる」

「でもお前のいるところには、あんまり風が吹かないだろう。ダンピールは避けていくんじゃないか」

「無理やりぶつかることくらいはできるよ。三十秒くらいなら、俺だってあの風と同じくらいのスピードで動ける。俺が風を追いかければいい」

「人間の姿を保ってか。昼日中にそれはまずいぞ」

「…………」

バシリスからの言葉を受け、かっぱは下唇を噛《か》んでガブリエーレを見た。『絶対に、やめろ』と伝える瞳である。ガブリエーレは笑って見返した。

「大丈夫だ。俺だってただの一般人じゃない。V案件をくぐり抜けてきた経験があるんだ。テネブレの塊にぶつかるくらい」

「二トン車にはねられるような衝撃だったらどうするの」

「さあて、緊急救命室かな?」

「冗談を言えなんて頼んでないよ。そんな作戦は駄目。もう少し様子を見よう」

「具体的にいつまでだ」

「……二日か、三日か、とにかくもう少し情報が集まるまで」

「その間に誰かさんが、人間の姿でびゅんびゅん街を飛びまわりに行かないって保証はないだろ」

「俺のことはいいんだよ」

「俺だってわかってるんだぞ。能力を使えば使うほど、テネブレの摂取が必要になって、記憶が薄くなっていくんだろ」

目を見開いたかっぱは、首をぐるりと動かしてバシリスを見た。再び干しブドウとチーズのルーチンに戻っていたバシリスは、教師に濡《ぬ》れ衣《ぎぬ》を着せられた生徒のように、両手を高く上げて否《いな》のポーズをした。

「俺じゃない。だが、話はしたんだろう。『テネブレを食べるほど記憶がなくなる』って。栄養補給としてテネブレの摂取が必要になることを加味して考えれば、妥当《だとう》な推論かもしれんぞ。それに今のリアクションで確定だ」

「…………それを言うならあなたのその言葉で、でしょう。ダンピールの詳細な情報は、彼が本物のニポーテになってから開示すべきでは？」

「関係ないさ。そのあたりはお前が一番よく知ってることだ」

「しかし」

「ともかくだ、お二人さん。俺はパオロの後輩として、かっぱの友達として、能力を乱用させたくない。バシリスさんに情報を聞かせてくれるようせがんだのも俺だ。彼に責任はない」

「だからって当たり屋作戦はめちゃくちゃだよ」

顔を覆ったかっぱは、腰かけていた椅子から立ち上がり、バルコニーへと出ていった。ガブリエーレは追いかけず、バシリスに軽く肩をすくめた。

「辛気臭くなったな。ちょっと出かけてくる」

「やめて。ガビーはここにいて」

バルコニーから外を見つめたまま、かっぱはガブリエーレに叫んだ。ガブリエーレも部屋の中に怒鳴るように答えた。

「心配するな。タバッキで新聞を買いたいんだ。突風の新しい情報が載ってるかもしれないだろう」

「…………早く帰ってきて」

「了解だ」

ガブリエーレが上着の袖《そで》に腕を通していると、バシリスが何故か笑った。何です、と尋ねるようにガブリエーレが眉根を寄せると、いつも違うTシャツ姿の男は、にっこりと笑った。

「いやなに、前情報からして、じいさんと孫みたいなコンビだと思ってたんだが、なかなかいいパートナーじゃないか」

「外見年齢で判断するなら、俺のほうが幾らか年上ですからね。気安くやってますよ」

「稀有《けう》な才能だな。怖いもの知らずってやつか」

「あまり俺とパオロの友達を変な風に言わないでください。この調子でいくと、どこかで怒りそうですから」

軽くバシリスを睨んで、ガブリエーレは部屋を出た。

そして深呼吸をした。

チャンスはそれほど多くなかったし、そもそも成功するかどうかもわからなかった。

ガブリエーレは全ての情報を九十九チェンテージミ・ショップの白板の上に乗せたわけではなかった。八件の突風事件が全て、アルノ川の北岸で起こっているというのは、半分だけの情報だった。

突風の吹いた箇所《かしょ》と、その方向を、ガブリエーレは携帯端末内のマップに書き込んでいた。

全ての風は、ある一定の場所に向かって吹いているのである。

アパートのあるドゥオモ広場から、カルツァイウオーリ通りを抜け、ガブリエーレは歩き続けた。目指す方向にはアルノ川がある。目的地はその手前だった。

オルサン・ミケーレ教会を通過し、ポルタ・ロッサ通りで右折。

遠くから嫌な風が吹いてきた気がして、ガブリエーレは自分の体を抱きしめた。二トン車のたとえはただのたとえ話であって、過去にそういった事例があるわけではないことを祈るしかなかった。

ポルタ・ロッサ通りと、カリマラ通りがぶつかる場所で。

ガブリエーレは立ち止まった。

「……大体ここだ。大体このあたりのはずだ」

メルカートにほど近く、朝の時間帯でも活気づいているはずの街並みは、奇妙に静まり返っていた。

来い、来い、来いと念じながら、ガブリエーレはあたりを見回した。異変は起こらない。このまま何も起こらなかったら、タバッキで新聞を買って、走って戻らないと怪しまれるだろうと。

そんなことを考えていた時。

ガブリエーレの真上で、空気が渦を巻いた。日干し煉瓦《れんが》色の建築物が土埃をあげ、店舗の旗が翻《ひるがえ》る。

「来たな！」

ガブリエーレは顔を上げ胸を張り、風に正対した。

黒いもやの塊が、どこからともなく青空を覆い尽くすように湧き上がり、奇妙な幾何学《きかがく》模様を空中に描き出す。ガブリエーレは怒鳴った。

「お前の家はここだろう！　わかってるんだぞ！　いい加減逃げ隠れするのはやめて、俺と勝負しろ！」

風は真正面からガブリエーレに突っ込んできた。二トン車、二トン車、というたとえが頭の中をぐるぐる回ったが、もはやどうにもならない。

無謀な闘牛士のように、ガブリエーレは可能な限り黒いもやを引きつけ、引きつけ、引きつけてから。

ジーンズのポケットから護符を取り出し、叩きつけた。

天使。

天使を見たと思った。

ふんわりと腰まで流れる銀色の髪、南国の海のように鮮やかな青い瞳。

天使がそっと降りてきて、自分を抱き上げ、安全な場所まで運んでくれた。

ああこれは夢なのだなと思った時、ガブリエーレは微《かす》かに、頰《ほお》に打撃を感じた。

天使ではない誰かが、自分の頰を打っていた。自分の名前を呼びながら。

「……ガビー、ガビーしっかりして。目を覚まして」

「ん？」

「気がついた……！」

目が覚めた時、ガブリエーレは真上にかっぱとバシリスの顔を見た。つまり今自分は寝転んでいるのだな、と思ったところで、あたりがメルカートの近くであることに思い至った。石畳《いしだたみ》の感触は硬いものの、観光客がよく歩いている場所なので、車の通りを妨《さまた》げているようなこともない。

あたりを見回すと、記憶にある場所よりも少し、アルノ川に近い場所にいることに気づき、ガブリエーレはぞっとした。

「……俺は……」

「いやあ、よかったなあ若人《わこうど》。バチカンに記録された事例だと、ナポリではV案件で圧死させられた羊がいたもんでな。それこそ重量車に轢《ひ》かれたような有様だった。お前さんもそうなっちまうんじゃないかと心配だったが、何事もなくてよかった」

「俺の忘却《ぼうきゃく》の話より、そういう情報を伝えたほうが、この命知らずな若者には有益だったと思いますよ」

石畳の上を通り抜けていった女性の二人連れが、かっぱの言葉を聞いてくすくすと笑った。二十歳《はたち》前後にしか見えない青年が、二十代半ばのガブリエーレのことを『若者』と評しているのがおかしいようだった。ガブリエーレもつられて少し笑うと、実年齢三百歳超のダンピールは眉間《みけん》に皺《しわ》を寄せた。

「どうするつもりだったんです、本当に死んでいたら」

「……久しぶりに敬語だな」

「本当にそうなったらどうするつもりだったんですか！　俺にパオロの前でどんな顔をしろと言うんです！」

「いや、でもこういう時のための護符だったわけだろう」

「あれは……！」

激昂《げっこう》しかけたかっぱは、手で顔を覆い、おさえた。

「…………こんなことさせるためじゃない」

「わかってる。悪かった」

「……わかってない」

「そうだな。悪かった」

ガブリエーレを抱き起こし、手を摑《つか》んで立たせると、かっぱはガブリエーレの背中を叩いた。ぺしぺしと二発叩いた。三発叩いた。この男が本気で自分を殴ったら、きっと自分は肉の塊になってしまうのだろうなと思いつつ、ガブリエーレは笑った。

最後に覚えている光景は、もやの塊に叩きつけた、黒い十字架と。

光が弾《はじ》ける様子だった。

護符は覿面《てきめん》に効果を発揮したらしく、あたりにはテネブレの気配はない。カフェテラスや路面の鞄《かばん》店が、突風に吹き散らされた様子もない。

かっぱは泣きそうな、呆《あき》れた顔で、ほんの少しだけ笑っていた。

「…………ともかく、ガビーが無事でよかった。部屋に戻ろう」

「テネブレは。退治したのか」

「あとで見せるから」

「『あとで見せる』？」

ガブリエーレは目を見開いたが、かっぱはそれ以上答えなかった。

捕獲したのか、とガブリエーレがバシリスを見ると、Tシャツの男は意味ありげな笑いを浮かべ、ガブリエーレの顔を覗き込んできた。

びっくりするぞ、とでも言わんばかりに。


「ぷぎっ！　ぷぎー！　ぴぎー！」

「は……？」

ドゥオモ広場近くのアパートに戻ったガブリエーレは、目をしばたたかせた。

部屋の真ん中に、赤ん坊を外に出さないようにする、小さな牧場のような囲いがあり、その中を。

真っ黒な子豚が一匹、ぐるぐる回っていた。

小さな鼻の部分だけ、何故かほのかな金色に光っている。

「これが……テネブレか？」

「正確に言うと、『メルカート・ヌオヴォのポルチェリーノ』の、テネブレ」

「ああ！　あの！」

ポルチェリーノ。

フィレンツェ有数の観光名物、鼻がぴかぴかのイノシシ像のことである。体高は一メートルほどで、岩の台座の上にちょこんと腰かける形で鎮座している。鼻に触れると『再びフィレンツェに戻ってくることができる』という言い伝えゆえ、日々観光客に撫《な》でまわされ、他の部分は真っ黒だが、鼻だけが金色に輝いている。

ガブリエーレが風と対峙《たいじ》した付近の市場が、まさにメルカート・ヌオヴォであった。

「で、でも、どうして。そもそもモノにテネブレが宿ることなんて、あるのか」

「バチカンの報告書を確かめたところ、ないわけじゃなかったな。確認できた範囲では三件ある」

「そのデータ、クラウド化されてるんですか……」

「おうとも。お前さんが漁《あさ》った古文書館の手紙は、まだそうはなってないがな」

バシリスは大型の液晶端末を繰りながら喋《しゃべ》っていた。ぷい、ぷぎ、と鳴きながらくるくる回る子豚、もというりぼうを、かっぱはそっと抱き上げ、胸に抱いた。うりぼうは短い足をばたばたさせて暴れていた。

「これまでのケースを見るに、モノがテネブレを発生させるケースは、今回のように突風や豪雨、異常な晴天などの形で現れることが多いようだ。これが四例目。典型的だったな」

「しかし……あんなに可愛《かわい》がられてる像なのに、どうしてテネブレなんか」

「ガブリエーレを追いかけていった時、少し見えた」

うりぼうをあやしながら、かっぱはぽつりぽつりと喋った。

ポルチェリーノを撫でまわす観光客たちは、言い伝えを知っている。

この像を撫でれば、再びこの花の都を訪れることができると。

だがそんな言い伝えに、本当に効力があると思う人間は減ってきた。

それでも観光名所であるがゆえに、人々はポルチェリーノを撫でる。

ポルチェリーノの鼻の輝きには、人々の『諦《あきら》め』や『嘲《あざけ》り』、あるいは『己の未来への失望』が混じり始めたという。

「『どうせ戻ってこられないのに、なんでこんなことしてるんだろう』って」

「……でも、その程度のモヤモヤなら、テネブレを発生させる原因にはならないだろう」

「メルカート・ヌオヴォを毎日何百人の観光客が訪れると思う？　ほぼ全員、めあてはポルチェリーノの鼻だ。一つ一つは小さな埃みたいなもんでも、積み重なれば化け物になる」

「大体の人間は、『希望』を抱いて撫でるもんだと思うけどなあ」

「この子に触ると、よくわかる。希望と諦めの混じった気持ちを、この子は一日に何百、何千と受け止めてきたんだ。あのイノシシ像に本当に何か力があるとすれば、それは『ポルチェリーノを信じている人間たちの力』にほかならないけれど、その力にはもちろん光だけではなく陰《かげ》も混じっている。大きな鍋の中にたまった水が、最後の一滴で溢《あふ》れだすみたいに、苦しみがとうとう上限を超えて溢れだした。それがあの風になったんだ。ね」

「ぷぎゃー」

「そう言ってる」

「………で、その…………………何だ。その、ちびは」

「え？　ああ」

かっぱは赤ん坊を差し出すように、そっとうりぼうをガブリエーレに向かって促《うなが》した。

ガブリエーレが胸の位置で両手を開いて受け取り拒否をすると、少し驚いたように腕を引っ込める。確かに可愛らしくはあったが、それ以上に得体が知れなかった。

「この子は……何て言ったらいいのか。突風の正体だったテネブレの大半は、ガビーに渡した護符で霧散したけれど、『残り』があって」

「残り？」

ガブリエーレの疑問には、バシリスが答えた。

「人間ではなく、モノを依《よ》り代《しろ》に発生したテネブレの特徴でな、大本になっているブツを破壊しない限り、完全には消滅しないそうだ。つまり、あの『突風』を完全に駆除するためには」

「市場のポルチェリーノをぶっ壊さにゃならんってことか！」

「一応あれもレプリカで、本物は美術館にあるそうだけど」

どっちみち無理な話だな、とバシリスが引き取った。

唖然《あぜん》とするガブリエーレの前で、かっぱが言葉を続けた。

「だから、テネブレの残りの部分をかためて、運んできたんだ」

何か恥ずかしいことをしてしまった子どものように、かっぱははにかみ笑いしていたが、ガブリエーレにはのみ込みきれなかった。

「……運んできたって……テネブレをか」

「そう」

「害はないのか」

「それほどは。普通のテネブレを希釈なしのワインだとすると、この子はほとんど水の味しかしないワイン程度だよ。完全なノンアルコールではないけれど、ほぼ水」

ぷぎ、ぷぎ、と小刻みに鼻を鳴らすうりぼうは、時々尻尾《しっぽ》の部分がもわもわと半透明にぼやけることを除けば、普通の子豚に見えなくもなかった。

「撫で続けられる限り、ポルチェリーノにはだんだんテネブレの滓《おり》がたまるでしょう。定期的な清掃が必要なのはもちろんですが、この子を手元に置いておけば、この子の面倒を見るだけで事が済みます。大きくなりすぎたら俺が食べれば……ええと、少し吸収すれば、それで」

「こいつはポルチェリーノに蓄積するテネブレを横流しする、支流みたいな存在になりうると言ってるのか」

バシリスの言葉に、そう思っていただければ、とかっぱは答えた。

かっぱの腕の中でもぞもぞと動くうりぼうを眺めながら、ガブリエーレは呟くように問いかけた。

「…………それ、飼いたいのか？」

かっぱはうりぼうをあやしながら、多少赤面し、気まずそうに顔をそむけた。大家のジユリアはおおらかな人であるし、過去聞かされた犬連れでの滞在客の話などを考えれば、ガブリエーレとかっぱが子豚を一匹持ち込んだからと文句を言うとは思われなかった。

とはいえここには、二人を監督している目がある。

ガブリエーレは思い出したように声をかけた。

「バシリス神父、どう思われますが」

「どうってな。こんな珍しい事態の対処法はケースバイケースだ。任せるよ」

「いいんですか？」

「もしこれで『突風事件』が収まって、将来的に再発もしなくなれば、これが一番正しい対処法ってことになる。試してみる価値はあるかもしれんぞ。まあ逆の可能性もないではないが、俺の責任じゃない」

「だそうだ、かっぱ」

「…………」

うりぼうの鼻づらを人さし指で撫でていたかっぱは、もう一度、ガブリエーレにテネブレの残滓《ざんし》を差し出した。ぷぎぷぎと暴れている塊を、ガブリエーレはそっと抱き取り、シャツの胸に抱いた。うりぼうは暴れたが、くすぐってやると落ち着き始め、ガブリエーレのシャツを嚙み始めた。

「こいつっ、よせ、けっこう高かったんだぞ！」

「むぎゃー！」

かっぱは暴れるうりぼうを引き取り、そっと体をさすって落ち着かせてやった。そしてガブリエーレを見た。眼差《まなざ》しは静かだった。

「ガビー、この子はテネブレの塊なんだ。何も食べなくても生きていけるし、排泄《はいせつ》もしない。機械の掃除機みたいなものかな。手はかからないけれど……そのうち不気味になって、嫌になるかもしれないよ」

どうする？　と問いかける瞳には、憂《うれ》いの色が宿っていた。

つまらない感傷《かんしょう》を吹き飛ばすように、ガブリエーレは笑ってみせた。

「V案件を経験してきたガブリエーレさんに、そんな脅しは今更ぬるいぞ」

「……………そうかもね」

「まあ、いざとなったらすぐに食べちまうこともできるだろう。テネブレなんだからな」

バシリスの言葉が通じたように、うりぼうは怯《おび》え始め、ガブリエーレは仕方なく奇妙な存在を胸に抱いてやった。生き物と呼んでいいのかどうかも判然としない『何か』である。

だがそれはかっぱも同じはずだった。

「せいぜい可愛がってやろうじゃないか」

「……じゃあ、名前を決めてあげないと。何がいいかな」

「決めてないのか」

「まだ……そうだ、ガビーが決めてあげたら？　ガビーがいなかったら、最終的に俺は、あの風をまるごと食べることになっていたと思うし。ガビーはこの子の命の恩人なんだよ。その……『命』というものが、この子に宿っていればの話だけど」

「ようし決めてやろう！　ポルチェリーノだから、そうだな……ポールでどうだ」

「ポール」

ぷいぎゅ、とうりぼうは鳴いた。ポール、ともう一度かっぱが呼ぶと、それが自分の名前だとわかったように、鼻をひくひくさせる。ポール、と今度はガブリエーレが呼ぶと、うりぼうはガブリエーレのほうを見た。

「おお、こいつ頭がいいぞ。言葉がわかるのかな」

「人間の情念が源《みなもと》になっているものだから、そういうこともあるのかも」

「散歩に連れていっても大丈夫か？」

「いいアイディアだね。小さな浮遊テネブレくらいなら、ポールが食べてくれるはずだよ」

「小さなボディガードってことか。頼りにしてるぜ、ポール」

ぷぎー、と甲高く鳴いたポールは、今度はかっぱの腕に抱かれ、部屋を出ていった。大家のジュリアに紹介するためである。駄目だと言われる可能性は極めて低かったが、もしそうなったらどこかにもう一部屋、居住地点を借りようかと、ガブリエーレは考えた。テネブレに対処する時に必要になるものを置いておく、物置のような場所があっても悪くはないはずである。それこそ必要な資料や、護符を置いておくような。

そう考えた時、ふと。

ガブリエーレは微かな記憶を思い起こした。

「どうした、若人よ。頭が痛いか」

「いいえ。そういうわけじゃないんですが……」

ガブリエーレは言いよどみ、眉間に皺を寄せ、考え、しばらく首をひねってから、バシリスに話しかけた。

「あのポルチェリーノの『突風』に襲われた時、かっぱはすぐに俺を助けに来てくれたんでしょうか？　まさにその瞬間、くらいのタイミングで」

「いや、お前さんとテネブレの衝突の気配を感じ取ってからだ。部屋を出た後は人間離れした速度でお前さんのところに駆けつけたが、それでも四分か五分はかかったはずだ」

「…………そうですか」

ガブリエーレはもう一度、思考に沈んだ。バシリスは笑った。

「運がよかったんだな。テネブレの塊をもろに浴びたら、圧死はしなかったとしても、しばらく物も言えないくらい落ち込んだ状態になってもおかしくない。そういうデータもある。そうなったら俺は、お前さんのためにホットココアでも作ってやって、せっせと背中をさすりながら飲ませてやらなきゃならなかったはずだ」

「…………あの時、誰かが助けてくれた気がするんです」

「誰か？」

はい、とガブリエーレは頷いた。

突風の直撃を受けようとした時。

風の衝撃を和《やわ》らげるように、ガブリエーレとテネブレの間に割り込んで、安全な場所まで運んでくれた、誰かがいたような。

天使のような誰かが。

あれは一体何だったのか。

「……奇妙なことをお尋ねしますが、この近くにもう一人、ダンピールがいる可能性は？」

「ダンピールが？」

「はい。Vが俺を助けたとは考えられませんし、もしかしたら『通りすがりのダンピール』みたいな存在がたまたまフィレンツェにいて、俺を救ってくれたのではと」

「いやあ、どうなんだろうなあ」

バシリスは笑っていた。ガブリエーレは首をかしげながら問いを重ねた。

「そういう可能性はほとんどないんでしょうか。誰かの縄張りになっている都市には、他のダンピールは訪問しないという、暗黙の了解があったり……？」

「いやあ、どうなんだろうなあ」

ガブリエーレは怪訝《けげん》な顔をした。

バシリスの答えは、同じボタンを押された機械のように、まるで同じ、上の空のような言葉だった。

どうかしたんですか、と尋ねようとし、ガブリエーレは表情を歪《ゆが》めた。

何事も適当で、そこそこ人好きのする、Tシャツがトレードマークの男は、それ以上何も聞くなと言うように、ただにっこりと、不気味なほどにっこりと笑いながら、ガブリエーレの顔を見ていた。

それからすぐ、ポールを抱いたかっぱが戻ってきて、ジュリアが新しい『住人』を歓迎すると言ってくれたと報告した。調度品を汚した場合は都度弁償になるという話だが、ポールにその心配はないのでよかった、と。微笑《ほほえ》むかっぱは、嬉《うれ》しそうにポールの頭を撫でていた。ポールは気持ちよさそうに目を閉じて、もっと撫でても構わないのだぞと告げるように、かっぱの手に頭をすりつけていた。

「……よかったな、かっぱ」

「はい」

ガブリエーレはもう一度、バシリスの顔を見た。

不穏な気配はどこへやら、バチカンからやってきた男は、事件が片づいたことをシンプルに喜び、笑っていた。笑っているように見えた。

一体自分は何を試されているのだろうと、ガブリエーレは久々に、背筋に冷たいものが走るのを感じた。

CAPITOLO QUARTO

「ぷいぎゅ！　ぷぎゅっ！　ぷー！」

「ああ、遊びに行きたいんだね。わかったよ、もうちょっと待って」

かっぱは二つ目の護符を作ってくれなかった。無茶をさせてしまうとわかればそうなるだろうと、ガブリエーレも納得だった。

黒いうりぼうと会話をしていたかっぱは、朝食の食器を片づけてしまうと、はい、とガブリエーレに赤い紐《ひも》を渡した。

ポール用のリードだった。

「はいどうぞ。お散歩に行ってきて」

「俺が」

「ガビーが」

「子豚と」

「ポールと、です」

「……『パトロール』だよな？」

「そうだね。でも奇妙な気配を察知したらすぐに帰ってきて。危ないから。いいね」

「…………わかった」

かっぱはガブリエーレに対して過保護になりつつあった。そしてポールもまた、かっぱの意向の一端として活躍しつつあった。子豚の散歩をしながら無茶のできる人間はいない。

「ぷぎ！　ぷぎー！」

「わかった、わかったよ。外に出たいんだよな」

二階の部屋から一階までポールを抱いて出てゆくと、ちょうど買い物に出るところだった大家のジュリアと遭遇し、ガブリエーレはしばらくポールを撫《な》でさせてやらなければならなかった。子豚ちゃん《ポルチェリーノ》、何て可愛いの《ケ・カリーノ》と、知らずしてポールの本名を呼ぶ大家を、ガブリエーレはできる限り無表情に見守っていた。

豚を連れてのフィレンツェ漫遊は人波との勝負だった。観光客の群れを避けなければならない、ということではない。ガブリエーレ自身が、人々の注目の的になっていた。

「かわいい！」

「豚ちゃんだ！　ママー、豚ちゃん！」

「どうして豚を飼っているんですか？」

「この子の名前は何ですか？」

ＳＮＳ映えを狙って珍奇なことをする配信者になったような気持ちで、ガブリエーレは赤面し続けながら街を歩いたが、何故《なぜ》かポールは得意げに鼻を鳴らし、もっといこう、さあいこう、と促《うなが》すようにちょこちょこ足を動かした。

「………わかったぞ。お前、ずっとあの市場でずんぐり座らせられていたから、歩けるのが嬉《うれ》しいんだな」

「ぷぎっ！」

「『正解』ってことか？　わかったよ。俺が恥ずかしい思いをすればいいんだ。どんどん歩け。そうすればかっぱの食べるテネブレの量も減るだろうしな」

「ぷぎー！」

ポールはところどころで、マーキングを確かめる犬のように足を止め、土管の中や煉瓦《れんが》の隙間《すきま》に鼻を突っ込み、『何か』を食べていた。ガブリエーレには目を凝《こ》らしても見えなかったが、気配からしてテネブレに類するものであろうと想像できた。ポールはおいしそうに見えない『何か』を食《は》み、得意げにガブリエーレを見た。

確かにこれは『パトロール』だと、ガブリエーレは少し笑った。

疲れ知らずのポールが望むまま、ガブリエーレは旧市街の中をあちこち歩き回り、時折炭酸飲料を買い、その豚の名前は何ですかと六回尋ねられ、写真撮影を八回せがまれ、最終的にはへとへとになって、ドゥオモ広場に戻ってきた。

アパートに戻る前のカフェに、見慣れた人影が陣取っていた。

「よう！　精が出るな」

何事もなかったように、路面でのカフェ営業を再開した店で、バシリスがビールを楽しんでいた。

「…………」

吸い寄せられるように対面の席に腰かけ、ガブリエーレは冷たい紅茶を注文した。そのあたりで売っているペットボトル飲料が、グラスと共に提供されるだけであることはわかっていたが、何でもいいから冷たいものを飲んで休憩したい気分だった。ぷぎ、ぷぎ、とまだ元気な声をあげるポールを、ガブリエーレは抱き上げ、バシリスに押し付けた。

「おお、元気な子だな。こいつはいい。かっぱの手腕《しゅわん》には脱帽だよ。テネブレの塊《かたまり》をこんなふうに固着させることができるDなんか、バチカンにも数えるほどしかいないだろう。本当に研究の甲斐《かい》がありそうだ」

「……それは、ポールをってことですか。それともかっぱを？」

「両方だよ」

イギリスのメーカーのアイスティーのペットボトルが、ガブリエーレの前にどんと置かれた。無表情にとくとくと中身をグラスに注ぎ、一杯干してから、ガブリエーレは口を開いた。

「バシリスさん、質問したいことがあります」

「どうぞ。答えられないこともあるけどな」

「バチカンのことではありません。あなたのことです」

「……ほう」

「何故この道へ？」

バシリスは少し笑った。むずかるポールを足元に置き、リードを椅子《いす》に結び付けると、Tシャツの男はグラスからビールを飲んだ。

「俺にそれを聞いてどうする」

「後学のために……いや、こんな言い方は失礼だな。俺は、ドロップアウトした医学生です」

「知ってるよ。どうして退学届を出したのかも」

「…………たぶん俺は、医学に向いてなかったわけじゃなく、自分が進む道のことを、真剣に考えてこなかったんです。父親に反発したかったのに、しきれなくて、結局大学までレールに乗せられていった結果、途中で暴発した」

ガブリエーレにとって、医師になることとはつまり、人生の安泰なレールに乗ることだった。

イタリアでも有数の大病院を経営する夫婦の下に生まれ、医師になる以外の道を示されたことのなかった一人息子として、ガブリエーレは鬱屈《うっくつ》をためながらも『これが自分のためだ』と思い、アメリカの医学部へと入学した。目的は金だった。暮らしてゆくための資金の調達の方法として、医師になることが必要だった。自分の中で気が咎《とが》めていることには、気づかないふりをした。

だがその中でも、金銭に関わる汚い真似《まね》が横行していることを知り、ガブリエーレは我慢ができなくなった。

イタリアに出戻りして以来、父親とは連絡を取っていない。取る気もなかった。

「嫌だったんです。当たり前のように、自分が嫌っている人間の後を追う人生を送りかけていることが、本当に嫌だった」

「遅れてきた反抗期ってところかな？」

「……そうですね」

「しかしそれとニポーテを志望するのはまた話が別だ。それこそ、誰も君にそんなことをしろとは言っていない。完全に君一人の意志で決めるべきことで、誰も責任はとってくれない。もちろん途中で投げ出されることもよくあるが、その後の身の振り方も、誰も決めてはくれないだろう。もちろん教会も協力はできないぞ」

「だから、あなたの話が聞きたいんです」

ガブリエーレは水分の足りなくなってきた喉《のど》に、さっとアイスティーを流し込み、再び口を開いた。

「どうして医の道から、神の道にお入りになったんですか。『遅れてきた反抗期』ってわけでもないでしょう。俺はそれが知りたい」

「嫌な話になるかもしれないぞ」

「V案件のことなら、俺も多少は知っています」

「…………それじゃあ、昔話といこうかね」

バシリスはもう一口、名残を惜しむようにビールを喉に流し込んで、ぽつりぽつりと語り始めた。

当時のバシリスは、ローマの私立病院に勤務している外科医であったという。イタリアは国民皆保険の国ではあるが、低額で診療される公立病院は常に混雑しており、富裕層は私立の病院に流れる傾向が高い。ガブリエーレの家が営む病院と同じ、富裕層向けのそこそこ豪華な病院が勤務先だった。

その中に、Vになりかけている患者が運ばれてきた。

「一人で夜勤をしていた時だった。その時の俺はもちろん、V案件なんて言葉は知らなかった。あれは野良Vにやられた、通りすがりの人間だったんだろう。体中に歯型が残っていたから、野犬に嚙《か》まれて出血多量で意識のない患者に見えた。だがよく見ると、歯型が犬のものじゃないんだ。一体何にやられたのか？　狂犬病の対処をとりながら、医学書をひっくり返して俺は調べていたんだが、びっくりしたよ。ベッドの上で瀕死《ひんし》の状態だった患者が、その間にのっそり起き上がってこっちを見てるんだからな」

「『生なり』ですか」

「かっぱはそう呼んでるらしいな。そう、『なりかけ』だ」

ガブリエーレが目撃したV案件は、ダンピールがヴァンピーロに変貌《へんぼう》してゆくものだったが、バシリスが目撃したのは、一般人がダンピールに変化するものであったという。だがそのプロセスはとても似通っていた。

被害者は理性を失い、暴れ、血を求める。

大丈夫ですか、と声をかけたバシリスに、患者は飛び掛かり、『獲物』を床に押し倒した。

「殺されると思った。薬の切れた薬物中毒者が運ばれてきたと思ったんだ。襲われて、床に叩きつけられて、抵抗したら首を絞められた。休日の夜三時で、俺の他にはナースも誰もいない。こんなところで死ぬのが俺の人生なのかと思った。冗談じゃない、ってね」

バシリスは腹をくくった。

そして猛然と自分の首を絞めている人間に向かって、手元にあった医療用のゴミ箱を摑《つか》み、叩きつけた。驚いた相手が身を引くと起き上がり、消火器を手に取り、患者に噴きかけた。

それでもまだ暴れる男に、バシリスは消火器そのものを振り下ろした。

「それで…………どうなったんですか」

「そいつは動かなくなって、ぼろぼろの黒い塊になって消えた」

「…………」

「今の俺ならわかる。あれはダンピールと人間の中間で、中身がドロドロのさなぎのように、あやふやで、傷つきやすい状態だったんだってな。だから俺みたいな一般人の攻撃も入ったし、Vの襲撃で弱っていた体には覿面《てきめん》に効いた」

「その後の処置は……？」

「処置も何もない。体が消えちまったんだからな。警察を呼んだが、『患者が逃げた』事件として処理されたよ。当事者じゃなければ、運ばれてきた患者が黒いもやになって突然消えたなんて言っても、わかってもらえるはずがない。監視カメラにも映っていなかった」

「…………」

「俺は殺人犯だ。だがその記録はどこにも残っていない」

　バシリスは両手を広げ、肩をすくめた。そして空いてしまったグラスにビールを注ぎ、ぐびぐびと一気に干した。

「バチカンの連中がやってきたのはその後だ」

「事後処理……カロンですか」

「その通りだ。さすが、若い者は物覚えがいいな」

　カロン。『上位組織《バチカン》』直属のダンピールたちの呼称で、彼らの役回りはテネブレの退治ではない。

　テネブレ事件やV案件に出くわしてしまった一般人の中から、当該の記憶を取り除き、忘却《ぼうきゃく》させることである。

　カロンはフィレンツェにも出入りしているらしく、ジュリアからは、既《すで》にパオロやかっぱに関する記憶がところどころ失われていた。だが当人はそのことに気づいていない。

　かつてはかっぱも、その職務についていたことがあると、ガブリエーレは聞かされていた。

「それで……あなたはそのカロン相手に、その時、何をしたんですか」

「『教えてくれ』と拝み倒した。俺は自分が人を殺したことがわかっていた。だが誰にもそれを信じてもらえない。地獄《じごく》のような日々だった。生まれて初めて教会で告解もしたが、聖職者すら俺の言うことを信じてくれなくてな、『それはあなたの勘違いである可能性が高いのでは』なんて言われたよ。俺はこう言ってほしかっただけなのに。『あなたの罪を赦《ゆる》します』と」

その場に派遣されたカロンは、バシリスの剣幕に負け、世界の秘密を教えたという。どうせ忘れさせてしまうのならばと思ったのかもしれないな、とバシリスは笑った。

ダンピール。ヴァンピーロ。ニポーテ。テネブレ。バチカンの秘密。

バシリスはめまいのような感覚を味わった後、何かが腑《ふ》に落ちたという。

「わからないことだらけだったよ。DもVも意味不明だしな。だが一つはっきりしたのは、俺がやったことを、『勘違いだ』なんて言わない連中がこの世にいてくれるってことだ。ほっとしたよ。それで俺はもう一度、そいつに頼んだ。『仲間に入れてくれ』って」

「…………」

「そんなことを言うやつは初めてだったんだろうな。そいつは困惑して、上役に話を聞かなくちゃならないからと、一旦《いったん》は戻っていったよ。だが返事は早かった。カロンが来たのは夕方だったんだが、その日の夜中に俺が一人暮らしのレジデンスでぼーっとビールを飲んでいたら、窓の隙間から霧になったそいつが入ってきて『受理されました』ときた。たまげたが、これから自分が入る世界がどんなところなのか、それである程度はわかった気がしたな」

「あなたのプローヴァ……ニポーテになるための試練は？」

「俺は特別だったんだ。ニポーテになろうと思ったわけじゃない。バチカンの研究セクションに所属させてもらうことになった。テネブレやダンピール、ヴァンピーロの存在を、科学的に調査分析する機関だよ。まあ、裏方ってとこか」

「ああ」

ガブリエーレは今までの想像に、答え合わせをしてもらった気持ちだった。バチカンは宗教機関ではあるが、最近のエクソシストに精神医学の勉強が必須になっているところからしても、宗教一辺倒の組織ではないことはわかっていた。だが超自然的なＤやＶにまつわる研究セクションが置かれているかどうか、定かではなかった。

だが、実際に存在するとしても。

問題はそこで、何が研究されているのか。

ガブリエーレは祈るような気持ちで問いかけた。

「その……バシリスさんの所属した機関では、どんなことを研究していたんですか」

「バチカンにはカロンたちがいるだろう。そいつらに血や肉片を分けてもらって、病理医みたいに分析をするんだよ。『これは一体何なんだ？』『どうして現行の物理法則を無視して空を飛んだりできるんだ?』って。だが今の科学じゃ、あいつらの不思議を解明することはできそうにない。文明の発展を待つしかないよ」

「研究しているのはそれだけですか。他にはないんですか」

「たとえば?」

「……Dを人間に戻す方法、とか」

カランと音を立てて、ガブリエーレのグラスの氷が崩れた。ひたひたと波打つアイスティーのグラスをへだてた場所で、バシリスは微《かす》かに笑っていた。

「そういう研究も、ないわけじゃない」

「あるんですね」

「ある。だが芳《かんば》しい成果はない。何もかもわからないんだ。研究するだけ無駄だろうという声もある」

「いつの時代も新しい分野の研究者は不遇ですね」

「よりによって母体はカトリックの総本山だしな。だが聖職者たちは頭がいい。高位になればなるほどみんな冴《さ》えてる。科学を頭ごなしに否定するようなやつは、あの集団の中には存在しないよ」

だから研究セクションがなくなることはないだろう、とバシリスは笑った。ガブリエーレも頷《うなず》いた。

「話が長くなったな。俺がバチカンに所属するようになったのはそういう理由だ。神父になったのは、俺自身の罪の意識をみかねた、まあカロンのやつの勧めなんだが、結果的にはよかったと思うよ。俺自身も落ち着いたし、神の話ができるとみると、バチカンでは話がしやすくなる人間も多いからな」

「それであなたは今、ええと」

「便利屋みたいなことをしてるのさ。研究セクションに籍は置いてるが、実際はＤ案件やＶ案件の火消しやら、お前さんみたいなニポーテ志望の話を聞くやら、いろいろだ」

「……最終的な目標は？」

「いよいよ面接みたいだな！　目標はな、あるよ。だが秘密だ。話したからってお前さんのプローヴァに支障が出るような話じゃないが、ちょっと恥ずかしい目標だからな」

　バシリスはわはははと笑い、瓶《びん》の中の残りのビールを全てグラスに注いだ。白い泡が溢《あふ》れそうになると、楽しそうに口をつけ、少しずつ飲む。どこにでもいる酒好きの様子だった。

　ガブリエーレは頷きながら、最後に一つ、と指を立てた。バシリスはグラスを掲げたまま促した。

「……昔の自分に『これだけはやっておけ』と言えるなら、何と言いますか」

「医学部でもっと勉強しておけと言いたいね。バチカンからよその研究機関に出向することも不可能じゃないが、どうしても胡散《うさん》臭い目で見られるのは避けられない。『テネブレの研究をしています』なんて言えないからな。雲をつかむような研究だ。人脈づくりにも励んでおけと言いたいね」

「…………」

「こんなもんだ。少しでも参考になったならいいがなあ」

「十分です。ありがとうございます」

ガブリエーレはペットボトルを持ち上げ、ぷぎぷぎと暇を持て余して子どもと遊んでいたポールを抱き上げると、バシリスに一礼し、アパートへと戻った。

部屋の中ではかっぱが、立派なポルチーニをスライスし、オリーブオイルで焼いているところだった。

「いいところに戻ったね。今日はきのこづくしだよ。秋の味覚。スパゲッティにピザに、リゾット。トリュフも手に入ったから、すりおろしてたくさんかけちゃおう」

「かっぱ」

エプロンをかけた後ろ姿に、ガブリエーレは声をかけた。

なに？　と振り返ったかっぱの前で、ガブリエーレは逡巡《しゅんじゅん》した後、口を開いた。

「やっとわかったよ。俺がニポーテになりたい理由」

「……何ですか？」

「お前のことが好きなんだ」

かっぱは黙り込んだままだった。オリーブオイルのじゅうじゅういう音だけが、部屋の中に響いていた。ガブリエーレは少し笑ってから言葉を続けた。

「一世一代の告白ってわけじゃないぞ。俺は日本人じゃないからな。ただ、なんていうか、一緒にいてこんなに気分が楽な相手に、今までお目にかかったことがなかった」

「……パオロは？」

「パオロに近い。だがパオロとも違う。年格好が近いせいもあるんだろうな。気安いのに、どこかで年上の相手と一緒にいるような感覚もある。居心地がいいんだ」

「そんなことを言ってもらえると嬉しいけど、俺の分のポルチーニは分けてあげないよ」

「そういうことじゃない」

苦笑するガブリエーレを見て、かっぱは微かに笑った。

こういう相手に、今まで自分は出会ったことがなかったなと。

ガブリエーレはしみじみと、自分の仮説の正しさを思った。

大学をドロップアウトするまでの間、ガブリエーレは『目的のある人生』を生きていた。医師になり、父親の病院を継ぎ、政治家や芸能人ばかりがやってくるような高級路線を維持し、身を立てる。そこで『一旦あがり』になる人生だった。そこから先には、ひょっとしたら何か自分の好きなことを見つけて実現するようなコースも、あったのかもしれなかったが、その土台となる自分自身の建造には、最初から最後まで父親の意志が介在している人生だった。そのコースを歩み続けることは、ガブリエーレにはもう限界だった。

かっぱの存在は、ガブリエーレが今まで生きてきた世界とはかけ離れていたが、繋《つな》がりもあった。生まれつきテネブレを見てしまう体質のガブリエーレにとって、同じくテネブレを見、『神さまの手伝いをしている』と自称していたパオロは、父親とは百八十度違う、しかし自分自身の体質に根付いた『ありうる未来』の体現者だった。パオロのようになれたらと思いつつ、しかしパオロの具体的な仕事の内容を知らず、おまけに大学を中退したガブリエーレにとって、かつてのパオロの職業である『ニポーテ』とは、降ってわいたような理想の仕事だった。

パオロのようになり。

父親を——彼に従ってきた過去の自分を否定し。

それまでとは違う、新しい自分自身の人生を生きる。

ガブリエーレにとってニポーテとは、今までの自分からの解放を意味する職業だった。

「…………」

解放、という言葉の意味を、ガブリエーレはしみじみと噛みしめた。

部屋の中ではポルチーニが徐々にオリーブオイルを吸い、いいにおいを発していた。秋のトスカーナ地方の名物である。アメリカに留学し続けていたら、こんなグルメを楽しむことも忘れていたのだろうと思いつつ。

ガブリエーレは腹をくくり。

再びかっぱの名前を呼んだ。

「かっぱ」

「どうしたの?」

「……もし日本に帰れるとしたら、何がしたい?」

もし。

完全な『もし』の話だった。

ヴァンピーロ、ダンピールは海を渡ることができない。川や湖のように、果ての見えている水ならばまだしも、対岸が見えない水平線のある場所を渡ることはできないという。

かっぱの故郷、日本は島国だった。

三百年以上昔、ヨーロッパに渡航していた青年、皆良田悟三郎《かいらだごさぶろう》の人生は、ヴァンピーロに出会ったことで大きく変わってしまった。

以来『K』として活動しているダンピールは、ガブリエーレの真面目《まじめ》な顔を見て、少し戸惑った様子を見せたものの、楽しそうに笑った。

「『何が』かあ……なんでも。なんでもいい」

かっぱは笑っていた。残酷な質問であることをわかっていて問うたガブリエーレは、屈託のない表情にのまれた。

「俺だって今の日本の様子を何も知らないわけじゃないよ。どんなところなのかは、テレビや動画で知っているつもり。俺のいた時代の面影は……もう……あんまり残ってないことも、わかってる。それでもいいんだ。通りをゆく人たちがみんな日本語を話して、『こんにちは』『さようなら』って言いかわしていて、日本の空気を肺に吸い込むことができる。それで十分だよ。他に何ができるのか……思い浮かべるのも難しいけれど、もし帰ることができるなら……何でもいい。何もかもしたい。日本語で書かれた標識の一つ一つを読んで歩きたい。お地蔵さまのある山辺を散歩したい。コンビニで小さなお菓子を山ほど買って、道を歩いている人に配って回るのもいいな」

「……………かっぱ」

「あ、焦げる」

夢から醒《さ》めたように、かっぱはコンロに向き直ると、ポルチーニの肉厚なスライスを、自分とガブリエーレの皿に取り分けた。ぷぎ、ぷぎと鳴きながら、ポールが興奮して駆け回っている。もうちょっと待ってね、と言いながら、かっぱはポールの分のポルチーニも、小さく切って別皿に載せていた。

三十分後、きのこスパゲッティときのこピザときのこリゾットの食べ放題会場と化した部屋の中で、かっぱはガブリエーレに問いかけた。

「それにしても、いきなりどうしたの？　日本に帰れたら、なんて」

「いや……ちょっと………ちょっとな」

「悩み事があるなら話してくれたらいいのに」

それからしばらく、二人は無言で食事をした。あまりにもポルチーニがおいしかった。肉厚の食感に、調味料は塩とオイルだけというシンプルなものだったが、これぞイタリアの秋というようまみの前では、全ての複雑な味がひれ伏すようだった。

スパゲッティを片づけ、ピザをつまみ始めた頃、ガブリエーレはぽつりとこぼした。

「……かっぱ」

「なあに」

「かっぱは……人の悩みを、よく聞くだろう」

「え？　それはまあね」

「どうしてそういうことをしようと思ったんだ」

「……自分の記憶を失いたくないから」

「それはわかってる。でも、それだけじゃないだろう」

そうでなければ、あれほど真摯《しんし》に人々の話に耳を傾けられるはずがないと。

ガブリエーレは確信していた。

ガブリエーレが直接見ただけでも、かっぱは二十人近い人間の悩みを聞き、言葉によって癒《いや》し、前を向く手伝いをしていた。うまくいくことばかりではなかったが、それでも常に諦《あきら》めず、人間を明るいほうへと導いてゆこうとする。その姿や行いに最も近い概念を、ガブリエーレは一つしか知らなかった。天使である。その正体が闇《やみ》に生きる不定形のもやであったとしても。

パルミジャーノ・レッジャーノを山ほど振りかけたリゾットの皿を、スプーンでつつきながら、かっぱはもそもそと喋《しゃべ》った。

「はじめのうちは、本当に自分のためだけだったよ。テネブレを薄めてしまえば、記憶の忘却が穏やかになるとわかったのは最近のことで……その……俺の言う『最近』なので、あまり真に受けないでほしいんだけど」

「ああ、千年くらい前だろ」

「ガビー」

やめてくれというように笑うかっぱの顔が、どこかパオロに似ている気がして、ガブリエーレは切なくなった。

かっぱは喋り続けた。

「でもだんだん、それが自分に与えられた特権みたいに思えてきたんだ。人間は……人間で、生きて、死ぬるけれど、生きている限りは絶対に何か悩みがある。俺にはそれを可視化する才能があって、苦しんでいる人を見分けることができる。そこに俺は、何か、意味があるのかもしれないと思ったんだ。もちろん、テネブレをシンプルに食べることもできるよ。でもそうするより、少しでもその人の悩みを薄めてあげるほうが、俺にとっても、その人にとっても意味のあることになる。それはただの偶然じゃない気がした。だったら……」

かっぱは少し、言葉を選ぶように間を置き、ガブリエーレが待っていると、微笑《ほほえ》みながら口を開いた。

「だったら、人の気持ちに寄り添いたいと思った。そういうふうに宿命づけられているのかもしれないと思ったから。自分の忘却を遅らせることはもちろん大事だけど、そのついでじゃなく、それと同じくらい、今は苦しみに寄り添うことを大事に思ってる。俺はダンピールだけど、もし神さまがいるなら、ダンピールが存在する意味は、そういうところにあるんじゃないかと思ってる」

「……変な言い方になるが、あんたがダンピールでいてくれて、救われた人間は山ほどいると思う」

「じゃあ、この生活も悪くないかな。ガビーと一緒にご馳走《ちそう》も食べられるし」

なんてね、と笑いながら、かっぱはリゾットの残りを口に運び始めた。とっくにポルチーニを食べ終わってしまったポールが、おかわりを求めて床を走り回っている。聖母マリア大聖堂の鐘楼《しょうろう》からは、日々遅れがちな昼の鐘が響き始め、街中を満たしていた。

幸せと。

言えないこともない風景だった。

ガブリエーレの目の前にいる青年が、故国に帰れないことを除けば。

「……ガビー？　どうしたの。やっぱりさっきからちょっと変だよ」

「いや、あまりにもうまいもんでな。どうやったら採れたてのポルチーニを一年中食べられるのかと考えてた」

「あはは。バイオテクノロジーの話になるのかなあ。俺にはわからないけど」

「かもしれないな」

やるべきことをやろう、と心に決め、ガブリエーレは膝《ひざ》の上で拳《こぶし》を作った。

ジーンズのポケットの中には、携帯端末が入っていた。


二日後。夜。

地下にあるフィレンツェ有数の高級ナイトクラブ。その片隅《かたすみ》、カウンターで、ガブリエーレは相手を待っていた。遊びに来たのだと思われ誘われないように、上下には久々のスーツを着用し、胸には約束通り、赤いバラの花を差している。気恥ずかしいと思うような余裕はなかった。

予定の時刻より三十分遅れたところで、それは姿を現した。

「やあ。待たせたかな」

「いや、全然だ」

「……本当に一人か。素晴らしい度胸だね」

けぶるような美貌の持ち主は、長い金色の髪をかきあげ、ガブリエーレの隣に腰かけた。

ガブリエーレのスーツよりも一段階クラシックな、黒い蝶《ちょう》ネクタイの燕尾服《えんびふく》姿である。バーテンダーが息をのむほどの美しさの持ち主は、人間ではなかった。ダンピールでもない。

ヴァンピーロ。

フィレンツェを根城にし、数えきれない人間にテネブレをけしかけ、かっぱの友人を食い物にした、ガブリエーレの知る限り、最も純粋な悪に近い存在だった。

きらきらと輝く緑の瞳の持ち主は、今日は男の姿をしていた。

「フローラの姿だと期待したかい？　すまないね。君と奇妙なことになると、さすがにかっぱの怒りを買いそうだから、今日の私はフロールだ」

「どっちでもいい。何か飲むか。呼び出したのは俺だ。おごるよ」

「バーテンダー！　ブラッディー・マリー。血液を多めで」

トマトジュース多めですね、と言い直したバーテンダーは、健康的なカクテルをしゃかしゃかと作り始めた。ガブリエーレの隣で、ヴァンピーロはくつくつと笑い、ガブリエーレの胸からバラの花を引き抜き、口元に持っていった。

あでやかに花開いていたバラは、みるみるうちに乾燥し、茶色く枯れてカウンターに落ちた。

ヴァンピーロは茎を投げ捨てた。

「ごちそうさま。それで、話とは？　君もダンピールになりたいとか？」

「取引をしたい」

「私と？　それは面白い。悪魔と取引をする人間は、地獄に落ちると相場が決まっているのに」

「お前は悪魔じゃないだろう。ヴァンピーロなんて名前で呼ばれちゃいるが、ある種の感染症に感染した状態で、何百年も生命活動を維持し続けている、病原菌のキャリアに過ぎない」

「君の好きな医学の言葉を使って表現するのなら、そう言うこともできるのだろうね。だが私はもう少し詩的な表現のほうが好きだなあ。吸血鬼とか、天の御使《みつか》いとか」

「俺はそういう科学で証明できない概念には興味がないんだ」

「偏狭な人間だなあ。それで？　取引というのは？」

「あんたの血を分けてもらいたい。肉片でもいい」

詩的な表現を好む吸血鬼は、ほんの少しだけ目を見開いた。

「……私の血肉を？」

「分析に回したいんだ。ダンピールの血や肉はともかく、ヴァンピーロの標本は貴重なはずだ」

「それで、どうすると?」

「ダンピールを人間に戻す研究を進めたい」

フロールは笑った。ブラッディー・マリーを持ってきたバーテンダーが困惑するほど笑い、一息にカクテルを干してもまだ笑っていた。器用なことをするやつだなと思いつつ、ガブリエーレは腕を組み、答えを待った。

ヴァンピーロは世にも奇妙な顔をして、ガブリエーレの顔を隣から覗《のぞ》き込んだ。

「私を研究標本にしたいと?」

「全身を使いたいなんて言っていないさ。少し分けてくれたらいいんだ」

「ああそうか、つまり私の自由意志で、血や肉を提供してほしいと言っているんだね。参ったな。こんなことを人間に頼まれるのは初めてだ」

「俺にしてみればそのほうが不思議だよ。もっと積極的にサンプルを求めるべきだ」

「しかしつまらないなあ。交換したメールアドレスや電話に連絡が入ってきたのだから、もっとロマンティックなお誘いだと誤解したとしても不思議ではないだろう?」

「これだってロマンの塊みたいな話だ。もし研究が成功したら、お前だって人間に戻れるかもしれないんだぞ」

「ははははは！　そんなことを望むヴァンピーロはこの世に存在しないよ。この稼業は愉快だからね。人間を陥《おとし》れるのも、ダンピールたちをからかうのも、すまし顔で大したことはできない悲哀を託《かこ》っているバチカンをこけにするのも楽しい。私たちは超越者なのだよ。人間とは違う。わざわざ下等な存在に戻ろうとする必要などない」

「そういう考え方もありだろう。だがあんたみたいな考え方をするやつばかりじゃない」

「君の大好きなかっぱに泣きつかれたのかい？　『人間に戻りたい』『故郷に帰りたい』と？」

「あいつはそんなことを言わない。俺が勝手にやっていることだ」

「ああ、献身、友愛、冒険、最高だ。噛めば噛むほど味の出る食べ物のようだね。ところで――君はまだ大事なことを言っていないよ、ガブリエーレ。君は最初に『取引』と言ったはずだ」

「ああ」

「もし仮に、私が君に爪の先や足の裏の皮膚《ひふ》などを提供したとして、私はそのかわりに何を得るのかな？　君の髪の毛とか？」

「考えたんだがな、思い浮かばなかった」

「………………おやおや。それでは取引とも言えない」

「だから決めたよ。あんたに決めてもらいたい。俺が何を差し出せば、あんたは俺にサンプルをくれる?」

ヴァンピーロはこらえきれないというように仰《の》け反り、勢いをつけてカウンターに突っ伏し、何度もカウンターを叩いた。優雅な見かけに反して行儀の悪い客の前に、バーテンダーは水の入ったグラスを置いた。

「言い値で買ってくれるというのかい? もし君に持ち合わせがなかった場合はどうすると?」

「俺が差し出せる以上のものは差し出せない。取引はそういうもんだろ。現実的な話、本当に金でどうにかなる話なら、幾らでも借りてくるつもりだが」

「金銭に興味はないよ。君の前に黄金の首飾りを十も二十も並べてやってもいい。盗み出すのは簡単だからね。私が欲しいのはかっぱだ。かっぱの苦しみに歪《ゆが》む顔が見たい。優しさの仮面の下に秘められた、彼の激情を暴きたい」

「それは俺のものじゃない。差し出せない」

「いいや、君は既にそれを差し出しているよ。愚《おろ》かな人間」

ガブリエーレが身を引こうとする前に、ヴァンピーロはガブリエーレの背中を掴み、抱き寄せた。この世のものとは思えないほどのかぐわしいかおりに、ガブリエーレはめまいを起こした。平衡感覚《へいこう》がおぼつかず、水に溺《おぼ》れてゆくような心地がした。

「そう、そのまま。あとは私に全てをゆだねて」

「…………っ、そうはいくか！　ポール！」

ガブリエーレはスーツの胸を開いた。飛び出してきたのは黒いうりぼうである。せまい空間でいくらか圧縮されてはいたが、闇色の小動物は元気だった。

勇ましく鳴いたポールは。

まっすぐに。

おそろしげなヴァンピーロから逃げ出し、店の外に駆けていった。

は？　という顔をするガブリエーレの前で、フロールは膝を叩いて笑った。

「あはははは！　可愛《かわい》らしいボディーガードだったね。テネブレの残滓《ざんし》でつくった粘土《ねんど》細工か。かっぱも随分《ずいぶん》ヴァンピーロらしいことができるようになってきた。あれが堕《お》ちるのも時間の問題かな」

「あいつ……！」

「本能のようなものさ。あの猪《いのしし》とて、私に敵《かな》うとは思うまいよ。逃げるのが自然だ」

「あいつっ！　ポルチーニを食わせてやったのに……！」

「さて、続きをしようか」

大輪のバラのような、毒々しいほど華やかなかおりに、ガブリエーレはめまいがした。目の前の景色が渦を巻き、焦点が定まらなくなる。

この世のものではない精霊の愛撫《あいぶ》を受けるような。

母親の腕の中で、心地よい眠りに落ちてゆくような。

二度と戻れない暗黒の中に包まれかけた時。

誰かがガブリエーレのスーツの腕を摑んだ。

「…………っが！」

「ガビー、しっかりして」

ガブリエーレは意識を取り戻した。クラブ。酒の匂い。にぎやかなリズム。その中で。

白いシャツにいつものチノパン姿のかっぱが、ガブリエーレの隣に立っていた。

おや、とフロールは眉を上げた。

「悪いけど彼は俺の管轄《かんかつ》だ。君のものじゃない」

「やあ、私の愛《いと》しい人。彼のためにここまで駆けつけてきたのかい？　妬《や》けるね」

「ガビー、あとで死ぬほどお説教するけど、今はいいよ。早く店から出て」

「そうはいかない。この場にいる全員を殺しても、私は今すぐ君が欲しい」

「そんなことをしたらバチカンのダンピール全てを敵に回すよ。お前の好きな破調は、平穏の中にこそあるものだろう。このクラブみたいに、いつも全ての音が騒がしいんじゃ、人間の醜態《しゅうたい》を楽しむこともできない」

「……ふーむ、かっぱ、君が私のことを理解してくれているのはとても嬉しいが、その言葉はあまり嬉しくない」

「ガビー、早く」

「よし、バーテン！　お勘定！」

「そんなのはいいからっ！」

「あははははは。君たち二人は本当に、見ていて飽きないな」

ガブリエーレは五十ユーロ札をカウンターに叩きつけ、そのまま後ずさりしてフロールから遠ざかった。出入り口に立つ警備員が扉を開いてくれる前に、ふと振り返ると、ガブリエーレが座っていた場所に今度はかっぱが腰かけ、フロールと何かを話しているところだった。

ヴァンピーロの白い手が、かっぱの頰《ほお》を撫でている。

何をさせているんだと思った時、ヴァンピーロはぎろりとガブリエーレを一瞥《いちべつ》し、笑った。見せびらかすような哄笑《こうしょう》ではなく、憎悪と嘲笑《ちょうしょう》の一睨《ひとにら》みだった。捕食者が獲物に向ける一瞥である。

腰が抜けそうになったガブリエーレは、飲みすぎた客としてそのまま店を出て、階段を上って地下から地上へと出た。信号機と街灯、ネオンサインがきらめく、旧市街から少し離れた場所で、人間の住む場所だった。

ガブリエーレは大きなため息をついた。

気まずそうに消火栓の後ろから出てきたのは、小さな黒いうりぼうだった。ガブリエーレは破顔し、ポールを抱き寄せた。

「ぷぃぎぃ……」

「ポール、ありがとな。最初からお前が戦ってくれるなんて思ってないよ。かっぱを呼んできてくれれば上出来だったんだ」

「ぷぎ？　ぷぎゃ！　むぎゃ！」

「『騙《だま》したな』って言っているのか？　ほら、お前にも面子《めんつ》ってものがあると思って」

「ぶぎー！」

「怒るな、怒るな。それよりもう少しここから離れよう」

どうせかっぱには位置がわかるから、と内心付け加え、ガブリエーレは三ブロック離れたレストランに入り込み、何食わぬ顔でフィレンツェ名物のビステッカを注文した。最近の小食化の流れを汲《く》み、小さなサイズにも対応しているらしく、ガブリエーレは一番小さなタイプを頼んだ。

「猪の肉もありますよ！　どうしますか？」

ガブリエーレはちらりと足元のポールの姿を見た。いのしし、という言葉がわかったらしく、ポールはぷぎぷぎと言いながら尻尾《しっぽ》を震わせている。ガブリエーレは笑って、店員に首を横に振った。

十五分後、ビステッカを待っている間に、肩を怒《いか》らせた男がやってきた。かっぱである。

ガブリエーレは笑い、かっぱのために椅子を引いた。

「おかえり。ポールがうまくやってくれたみたいだな」

「……『うまくやってくれた』？　冗談じゃないよ。電話番号は捨てたんじゃなかったの」

「いや、勿体《もったい》ないかと思ってな」

そもそもの始まりは、ガブリエーレが『フローラ』と名乗ったヴァンピーロと、それと知らず電話番号を交換してしまったことだった。かっぱの素性《すじょう》を調べ、古文書館にこもっていた際、偶然出会った美しい女性が、かっぱを悪辣《あくらつ》にからかうのが好きなヴァンピーロだったのである。

すぐ捨てるべきだと言われた電話番号を、結局ガブリエーレは捨てなかった。何かに使えるかもしれないと思ったのである。事実、電話は繋がった。かっぱはため息をつく間も惜しいというように、顔に手を当て、短く激しい息を漏らした。

「……命を粗末にするような人が『勿体ない』なんて言葉を使わないで！」

「粗末にしたつもりはないさ。それより何か注文しろよ。俺はビステッカにした」

「食欲があって結構だね！」

かっぱは店員を呼び、同じものを大サイズでと注文した。小食なかっぱの乱行に、ガブリエーレは驚いたが、黒い瞳に睨み据《す》えられると居住まいを正した。

「説明して」

「あいつは何て言ってた？」

「ヴァンピーロの言うことなんか俺は信じたくない」

「……あいつを呼び出して、取引を持ち掛けたんだよ。血と肉を分けてくれないかって」

「本当にヴァンピーロになろうと思ったの……！」

「そういう意味じゃない！　研究材料としてもらおうと思ったんだ」

「一体何を考えてそんなこと。何をどうしようっていうのさ、わけがわからないよ」

「バチカンにVやDの研究セクションがあることは知ってるだろ。そこでの研究に使えないかと」

「何のために！」

「Dを人間に戻す方法が見つかるかもしれない」

絶句したかっぱの前に、おつまみがわりのグリッシーニが運ばれてきた。日本料理店の箸《はし》立てのような円筒形の筒に、細長く焼かれたクラッカーが何本も刺さっている。

ガブリエーレは店員に優しく挨拶《あいさつ》をした後、おすすめの赤ワインを二人に一杯ずつ持ってきてくれるようオーダーした。そして話を再開した。

「冗談や度胸試しでやったわけじゃない。俺は本気だ」

「…………そんな方法はないよ」

「あるかもしれないだろ。昔は死の病《やまい》だったエイズだって、今では治療法が確立してる。科学の進歩で、お前たちの秘密がいずれ『秘密』じゃなくなる日が来るかもしれないんだ。俺はその日を少しでも早めたい」

「ライオンの血からつくれるかもしれない薬を手に入れるために、獰猛《どうもう》なライオンの前に身を投げ出す行為は蛮勇《ばんゆう》ですらない。愚行《ぐこう》だよ」

「それにしたって誰かが一度はやってみなくちゃならないことだろう」

「フロールは笑っていたよ。『彼にはヴァンピーロの素質がある』『いずれ仲間にしたい』

と。そんなことは絶対にさせないけれど、目をつけられたことは確かだ」

「お前のそばにいるんだ。目をつけるって言うなら、もうずっと前からそうだろ。気にするようなことじゃない。それより俺は、治療方法が見つかるなら」

「そんなものはない」

「どうしてわかる。お前は世界で一番の病理学者ってわけじゃないだろう。この世界には研究してみないとわからないことばかりだ」

「もしそんなものがあるなら、とっくに誰かが見つけ出してる」

「だが今まで誰もヴァンピーロに生体標本をもらおうと試みたことすらなかった。違うか？　それでどうしてまともな研究ができる」

「…………医学生とか、科学者って、みんな馬鹿《ばか》なの？」

「逆だよ。馬鹿の素質があるやつだけが、科学の道を究められるんだ」

ぷぎっ、ぷぎっ、とポールが小刻みに鳴き始めた。

顔を上げたかっぱとガブリエーレの前には、見慣れたTシャツの男が姿を現したところだった。

「よう！　今日は外食か。俺も交ぜてくれ」

「…………パードレ。この人は絶望的にNには向いていません。プローヴァを中止して、今すぐ追い返すべきです」

「喧嘩《けんか》したのか？」

いやあそういうわけじゃないんですが、とガブリエーレは笑ってみせた。かっぱは嫌な顔をした。

「俺がちょっとヴァンピーロとコンタクトを取ろうとしたので、それで」

「何が『ちょっと』さ！　ついさっき死にかけたことがわかってない」

「ああ、喧嘩したんだな。おーい、ビールを一本！　それから」

「かっぱ、いいから俺の話をもう少し聞いてくれ」

「俺の話に耳を貸さなかったのはどっちさ！」

「なあお前ら、食べ物は何を注文した？」

ビステッカ、という二人の声は、きれいに揃《そろ》った。

じゅうじゅうと焼けた肉を囲みながら、怒り続けるのは困難だった。全ての文句の後ろに、それにしてもうまい、の一言がつく状態である。

ヴァンピーロが追いかけてこないことを確認しつつ、三人で囲むビステッカ・フィオレンティーノ——Ｔボーンステーキの夕餉《ゆうげ》は、緊迫感がありつつ、どこかほのぼのとしていた。

「…………まったく。こんなことをする人間に会うのは初めてです。Ｖ案件を経験したのに、自分からＶに連絡を取るなんて」

「だからポールを連絡役にすれば、何とか素早いＳＯＳを発信できるんじゃないかと」

「あれは俺が偶然この近くをパトロールしていたからの速さだよ。あと三十秒遅かったら、Ｄにされていたかもしれないし、ビステッカにされて食い殺されていたかもしれない」

言いながら、かっぱは大きく切ったビステッカを乱暴に口に運び、もぐもぐと咀嚼《そしゃく》して飲み込んだ。ガブリエーレは観念し、かっぱの目を見て、頭を下げた。

「悪かった」

「…………………」

「悪かったよ」

「…………謝って済む問題じゃないよ」

「それでも、悪かったよ。心配かけたな」

「どっちかっていうと『腹を立てさせた』のほうが近い」

「参考程度に聞きたいんだが、パオロ相手にもそんなふうに怒ったことはあったか？」

「ええ、星の数ほど！　……こんなこと、今話すことじゃない」

かっぱは軽く顔を覆《おお》い、再びビステッカに没頭しているふりをした。怒り続けてしまいそうな自分を、食べることでいさめているようだった。ごめんな、とガブリエーレが呟《つぶや》いても、かっぱは無視した。

ぷはー、という声がして、ガブリエーレとかっぱの空気は多少、弛緩《しかん》した。

バシリスが一杯目のビールを飲み切ったところだった。

「あー、やっぱりモレッティはいい。さて、話の途中みたいだが、俺からも少しいいかな」

「どうぞ、バシリス神父」

「話の前にこの人を連れていってください。こんなN志望者はいないほうがいい」

「さて、それはどうかな」

バシリスの言葉に、かっぱとガブリエーレは揃って目を見張った。

バチカンからやってきた男は、飄々《ひょうひょう》と言葉を続けた。

「そう驚いた顔をするな。何しろこれで、プローヴァは終了だからな」

ガブリエーレは石をのんだような顔をした。

プローヴァが、試練が終了した。ということは。

ガブリエーレのニポーテとしての資質が、見極められたということである。

ヴァンピーロに突撃してサンプル提供の申し込みをする人間に、果たして何の適性があるのか、あるいはないと言われるのか、ガブリエーレは苦笑気味に裁定を待った。かっぱも不安げな顔で、バシリスを見ていた。

今日はロックンロールカフェのTシャツ姿の男は、にかっと笑って、一言告げた。

「結論から言おう。お前さんには素質がある。おめでとう。合格」

「…………ああ？」

戸惑うガブリエーレの前で、かっぱは激昂《げっこう》した。

「ふざけないでください。パードレ、あなたは一体何を考えているんですか！」

「かっぱ、何も『向いてる』って言ってるわけじゃない。ただ『合格』と言っただけだよ。さて、ここで試練の内容の開示といこうか」

「やっぱり試練の内容は、一応決まっていたんですね」

ガブリエーレの声に、バシリスはもちろんだと頷いてみせた。

「でなきゃ俺がいつまでもここに居座っちまうからな。ここはいいところだ」

バシリスはズボンの尻ポケットから手帳を取り出し、ビステッカの皿三枚の隙間にちょんと置いた。手帳が開かれた時、ガブリエーレはその黒革の手帳が手帳ではなかったことを知った。

中にはびっしりと細かい文字が印刷されていた。

聖書である。

「抜粋版だけどな。この部分に注目してくれ」

「うっ……字が細かくてよく見えない」

「俺は読めます。これは福音書の『荒野の誘惑』の部分ですか」

「ご名答。さすがの視力だな、かっぱ」

福音書とは、新約聖書に分類され、それぞれマタイ、マルコ、ルカ、ヨハネの四人によって書かれたとされる、キリストの言行録のような記録である。ガブリエーレは目を凝らし、ルカ、第四章、という文字を読み取った。ルカによる福音書の一節であるらしい。

荒野の誘惑とは、新約聖書を読んだことがなくても、キリスト教圏に暮らしている人間であれば、当たり前のように知っている物語だった。

ある日、荒野に佇《たたず》むイエス・キリストのもとに、悪魔が現れ、誘惑をする。

一つめ。『もしあなたが神の子であるというのなら、この石をパンに変えてみよ』。

二つめ。『もしあなたが望むなら、世界中の国々の栄華をあなたにあげましょう。そのかわりに悪魔をおがみなさい』。

三つめ。『もしあなたが神の子であるというのなら、この神殿のてっぺんから飛び降りてみなさい。きっと天使が助けてくれることでしょう』。

キリストはいずれの誘惑も、神の教えに基づいてはねつける。

一つめは、『人間はパンによってのみ生きるものではない』。

二つめは、『ただ神にのみ仕えよ』。

三つめは、『神を試してはならない』。

バシリスは低く、よく通る声で、簡単に内容をそらんじてみせてから、ガブリエーレの顔を見て笑った。

「V案件を経験した一般人に対して、Nの素質を見るための試練は、バチカンではほぼ前例がなかったんだが、まあないわけじゃない。それがこれだ。この三つの問いに関して、被験者がどのように答えるか。俺が見ていたのはそれだよ」

「待ってください。俺はそんな神学問答をした記憶はありませんよ」

「もちろんだとも。これはもののたとえだよ。『三つの誘惑』に相当するシチュエーションの前に立たされた時、お前さんが一体どういう行動をするのかを、俺は見ていたわけだ」

追加のビールが運ばれてくると、バシリスはにこにこしながら手酌《てじゃく》でグラスに注ぎ、今か今かという顔をするガブリエーレの前でごくりと飲んだ。

「まず一つめ。『石をパンに変えてみよ』。これはお前さんの近しいDの力を乱用しないかどうかを確かめるテストだ」

「……Ｄの力を乱用？」

ガブリエーレはちらりとかっぱのほうを見た。拗《す》ねたような素振りのかっぱは、ビステッカの残りを細かく切り分け、可能な限りゆっくり食べることに決めたらしく、まだ食事を続けている。表情はどこか、寂しそうだった。

バシリスは苦笑いして言葉を続けた。

「お前さんには想像もつかないかもしれないが、いるんだ。たまに。『なに？　空を飛べる？　じゃあ俺を連れて飛んでくれ！　毎日飛んでくれ！』なんて、Ｄに頼み込むＮが」

「……映画館でスーパーヒーロー作品でも観《み》ていればいいのでは？」

「同感だ。だが自分の近くに、そういう力を持った存在がいると知って、それを自分の力と勘違いせずにいられることもまた、Ｎの資質の一つだ。その点に関しては、お前さんは間違いなく合格だ」

「ど、どうも」

「二つめ」

バシリスは指を二本立てた。二つ向こうのテーブルでは、アジア人の観光客たちが、ピースサインをしながら写真におさまっているところだった。

「――は、飛ばして三つめ」

悪びれず、バシリスは指をもう一本追加し、ガブリエーレは脱力した。

「おいっ」

「まあまあ。『きっと天使が助けてくれるから高いところから飛び降りろ』。これは危なかった」

「その点に関して、この人は大きな間違いを犯しました」

突然の声はかっぱだった。挙手をし、低く地を這《は》うような声で、かっぱはバシリスの裁定に異を唱えていた。

「ポールの事件のことを思い出してください。この人は今回のみならず、あの時も、俺が助けに来るだろうという前提で自分の身を危険にさらしました。これが『危険な賭《か》け』でなくて何でしょうか」

「そういう考え方もできる。だが俺が採点したのはそこじゃないんだな、かっぱ。すまん」

「…………」

黙り込んだかっぱは、再び細切れになったビステッカに注力した。バシリスはガブリエーレだけを見ていた。

「この場合の『試してはならない神』とは、バチカンから派遣されてきた俺のことだ。我らが教皇《パパ》さまの別名じゃないが、『神の代理人』ってやつだよ。お前さんは俺を疑って、バチカンの施設やら何やらに電話をかけたりしなかった。その場合はもうそこでゲームオーバー、俺はバチカンとは何の関係もない『偽物《にせもの》』だと判明して、フィレンツェから撤退、お前さんのプローヴァもそこでおしまいになるはずだった」

「何故……？」

「そんなことをしてはいけないか？　疑ったらきりがないからだ。疑うということは、『テネブレ？　Ｎ？　Ｄ？　やっぱり信じられない。このことを公的に発表したい』という欲望と表裏一体だ。そういうやつはＮには向かない。超常現象の原因究明や、自分の正気の度合いなんかはさておき、淡々《たんたん》と目の前の業務をこなせる人間がいい」

「…………」

ガブリエーレはだんだんかっぱに申し訳ない気分になってきた。バシリスが試していたものとはつまり、ニポーテ志望の人間が、どれほどバチカンに好都合に働いてくれるかの裁定であって、個人の資質の向き不向きではない。かっぱもそれがわかってか、もう顔を上げようとはしなかった。

バシリスは今度こそ、ピースサインを作った。

「で、二つめに戻るわけだが」

「……『全てをくれてやるから、悪魔を拝め』？」

「それだ。ついさっきそれがわかったよ、ガブリエーレ。お前さんは美人のVの電話番号を後生大事にとっておくタイプの人間だった」

「…………」

「だが軍門に下ろうとはしなかった。Vの誘惑は相当なものだろう。命の危機が現実のものであるとわかっていれば猶更《なおさら》、『何でも言うことを聞きます』と言ってしまうかもしれん。本来ならばこの裁定は、VではなくパートナーとなるDの、暴力的な威圧や脅迫を、淡々と受け流せるかどうかって試練だったんだが」

バシリスはちらりとかっぱを見た。かっぱは既にバシリスを無視していた。バシリスは肩をすくめて笑った。

「このKは、Dの中でも有数の人格者だからな。そんなもん試そうとしたって試せる相手じゃない。この関門は抜きでもいいかと思ってたんだが、今回のことでばっちり確かめられた。感謝するよ、ガブリエーレ。お前さんは都合のいい被験者だった。お前さんは悪魔を拝みはしないと確認できた。たとえそれがどんなにバカげた自業自得の末の状況であったとしても、プローヴァの結果には関係がない」

「…………くだらない」

かっぱは一言、吐き捨てるように告げ、再び黙々とビステッカを食べる行為に戻った。

あれやこれやと言い合いながら食べていた時には、それにしてもおいしいですねが結びの言葉であったはずが、今のビステッカは少しもおいしそうに見えなかった。

ガブリエーレはそっと手を伸ばし、かっぱの手を握った。振りはらわれても握り直した。

「かっぱ」

「…………」

「悪い」

「…………」

「これで俺はニポーテの資格があることになる。正式に、お前とバチカンを繋ぐ役回りが務められると認定されたわけだ」

「…………」

「でも、本当に悪いな。俺はニポーテにはならないよ」

かっぱは目を見開いた。

バシリスもまた、ビールを口に運びかけていた手の動きを止めた。

ガブリエーレはかっぱからバシリスに眼差《まなざ》しを移し、口を開いた。

「頼みがあります」

「……何だ何だ、若人《わこうど》よ」

「将来的に、俺をあなたと同じ研究セクションに所属できるようにしてほしい。DやVを人間に戻す研究がしたいんです」

「将来的に？　今すぐではないのか」

「今の俺には知識も経験も足りません。医学部に復学して、DやVの研究に役立てられるよう、自分を鍛え直して、戻ってきます」

「………」

「許可をいただきたいんです。俺がこの街を離れても、カロンに記憶を消させないという許可が。そうでなければ俺は目標を達成できない」

バシリスは黙り込み、かっぱは絶句していた。

どうです、とガブリエーレは肩をすくめてみせた。

先に反応できるようになったのは、バシリスのほうだった。

「……なるほどなあ。だが、どうしてまた目的を変えた。俺の話はそんなに印象的だったか？」

「いろいろ考えた結果です」

短い一言にガブリエーレは思いを込めた。

かっぱと共にポルチーニのフルコースを食べた昼、ガブリエーレは考えた。

もし、自分がニポーテを志《こころざ》す理由が。

過去の自分自身からの解放のためだというのなら。

それはそれで、過去の自分に縛られたままの選択なのではないか――と。

パオロのリタイアによって、かっぱのニポーテはいなくなってしまった。誰かがその椅子に座らなければならない。ガブリエーレがいなくなった場合、次にその椅子に座る人間が、かっぱの『テネブレを薄めて食べる』方法を認めてくれる保証はなく、その場合かっぱの忘却が進んでしまう恐れがある。それは大前提であるとして。

ガブリエーレがパオロにならって、人生の時間をフル活用してかっぱに付き合ったとしても、やはり限界は訪れる。おそらく五十年、とガブリエーレは考えた。

五十年後にも今と同じ姿をしているかっぱは、その時再び、同じ問題にぶつかる。

対症療法にもなっていない解決策だった。

いや、五十年という時間はとても大きい、と考えることも、もちろん可能だった。人一人のほとんど一生の時間である。だが。

かっぱにとってはそうではない。

であれば。

もっと他にできることがあるのではないか。

パオロではなく、他のニポーテでもない、ガブリエーレ自身にしかできないことが。

否応《いやおう》なくダンピールにされてしまったかっぱが、それでも悲しみや怒りにとらわれるのではなく、自分の置かれた状況を受け入れて、他者のために尽くしているように。

考えた末、ガブリエーレの出した結論は、『医学部に戻る』であった。

「それはアメリカに戻るってことか、若人よ？」

「はい。自分が今ここにいることに、どんな意味があるのか。かっぱのために何ができるのか。今までのしがらみや、親への反抗期も、どうでもいい。Nになるのも一つの手ではありますが……それは俺の才能を、最大限に生かす選択肢じゃない。医者になって、研究を手伝うことのほうが、長い目で見ればかっぱや、他のDたちの役に立つ。俺には家族のコネもありますから、研究職になっても、それなりに入り込めそうな場所もある。ここからは想像ですが、ご所属の部署のVやDの研究者は、飽和《ほうわ》しているというほど多いわけではないんでしょう、ドクター？」

「お上品に表現してくださるもんだな。飽和どころか万年人手不足だよ。お前さんが来てくれるならそりゃあもう歓迎会を派手に開かなきゃならんだろう。だが理解のされなさはニポーテどころじゃなくなるぞ。何の出世も、研究の展望もない人生を送ることになる。研究内容を学会で発表することもできない。変人扱いされて、家族には頭がおかしくなったと思われるかもしれない」

「でも、あなたはそれでも今の仕事をやめようとしていない。しかも楽しそうに見えます。ただの罪の意識の発露には見えない。楽しめる仕事なんでしょう」

「……まあ、それはそうだが、俺が変人だからというのもあるぞ」

「俺も変人です。そこは問題ない」

「ガビー」

　声をあげたかっぱを見て、ガブリエーレはにこりと笑った。

「この前言ってくれたよな。俺がニポーテになったら、自分のせいで俺の人生が終わってしまうって。そんなことは絶対に、ない。ないさ。ないって証明してみせる。俺は俺の人生を生きながら、あんたのために力を尽くす。かっぱ、俺はいい医者になって戻ってくるよ。それであんたを、いつか日本に帰すんだ」

「………そんな方法、ないかもしれないのに」

「今度は『ない』って言いきらなかったな。この前よりは進歩したじゃないか。科学の時代に希望を持てよ。俺も信じてる」

「でも……ガビー、お医者さんには、なりたくないんじゃなかったの」

「自分でもそう思ってたんだがな。ちょっと違ったみたいなんだ。俺がなりたくなかったのは『医者』じゃなくて、『自分の思ったことのできない、子どものまま大人になった自分』だったんだよ」

ガブリエーレは笑ってみせた。酒の力を借りてはいても、自分の中の最も痛々しい部分をさらけ出すことは、気を抜くと涙がこぼれそうな行為だった。

「家の事情は事情としてだ。俺っていう人間が生まれてからこれまで築き上げてきた努力とか、人脈とか、あるいはチャンスとか、そういったものをフルに費やせるものは何か？　そう考えるとやっぱりまあ、医者なんだよな。だからって、本気でやりたくないとしたら、俺だって『復学する』なんて結論は出せない。ただ俺が嫌だったのは、何となく勿体ないからとか、何となく不安だからとか、踏ん切りのつかない理由で、もといた場所に戻ろうとする自分だったんだ。今は自信を持って言えるぜ。俺は大学を飛び出した時の自分とは違う。大きな目的と目標を持って学校に戻るんだ。ほかでもない、お前のおかげで」

「………ガビー」

「考えてみれば、俺は自分が医学の道に戻る目的をずっと探してたのかもしれない。無理にこんなこと言ってるわけじゃないぞ。ありがとうな、かっぱ。感謝してる」

かっぱは何も言わず、ガブリエーレの手に、そっと自分の手を重ねた。ガブリエーレが微笑むと、かっぱもまた、微かに笑い返した。

バシリスはふんと、楽しげに鼻を鳴らした。

「やれやれ。勝手に決めやがって。しかしまあ、楽な道じゃないぜ。一度投げ出した人間のことを、おいそれとは認めない人間もいる。これでもかってほど、いろいろな人間に頭を下げまくることになるぞ。それこそお前さんが喧嘩別れ同然の談判をしたっていう教官なんかにもな」

「……覚悟はしています。もし取り返しがつかなかった場合は、もう一度別の大学を受験する可能性も視野にいれています」

「本当にそこまでやれそうか？　カルチョじゃないが、こいつは気合いと根性の問題だぞ、若人よ」

「三百年、一人で頑張り続けているやつがいるんです。十年や二十年、ものの数じゃないと、今の俺には思える」

心から、とガブリエーレが付け加えると、バチカンからやってきた男は、待ち構えていたように笑った。

「その意気やよし、だな。手を出せ、ガブリエーレ」

「……何ですか」

ガブリエーレはおっかなびっくり、テーブルに右手を差し伸べた。

黒革の聖書をしまってから、バシリスが取り出したのは、小さな飴玉《あめだま》のようなものだった。不器用につつまれた赤い紙の中に、ドングリ程度の大きさの何かが入っている。

それをちょんと、ガブリエーレの手の平の上に乗せた。

「開けてみな」

促されるままガブリエーレは包みを開いた。

入っていたのはピンバッジだった。

襟章のような小さなサイズで、天使の顔をかたどった意匠《いしょう》が、細かに彫り込まれている。顔をぐるりと囲むリボンの中には、小さな鳩《はと》が飛んでいた。鳩。バチカンの象徴。

「プローヴァには合格したわけだからな。これは渡しておかにゃならん」

「これが、ニポーテの証《あかし》……！」

「や、そんなものはない」

「えっ」

「俺が勝手に作って進呈している『仲良しのバッジ』だ」

ガブリエーレは脱力しそうになった。ははは、と笑いながら、バシリスはビールを手酌した。

「あんたなあ……！」

「いやあ悪い悪い。お前さんは表情豊かだから、からかうのが楽しくてな」

心底面白そうに笑いながら、バシリスは言葉を続けた。瞳の奥に真剣な光を宿して。

「だが完全に意味がないわけじゃない。今のところ俺は、某所の研究セクションの、まあ上から三番目程度のポジションにいるからな。『推薦状』くらいの意味はあるはずだ」

「……じゃあ！」

「勉強は大事だぞ、若人よ。やるだけやったら戻ってこい」

「そんなことを、あなたの一任で……？」

かっぱの疑問に、バシリスは肩をすくめた。

「そりゃ上の連中を説得しなけりゃならんだろうが、それなりに雑用に励んできた実績はある。何とかなるだろう」

「何とかって……じゃあ、何とかならなかったら？」

「まあ、そりゃ、うーむ、すまん」

「えっ」

「わはは！　まあ大丈夫だ、大丈夫だ。飲め」

「心配です……」

かっぱのぼやきをよそに、ガブリエーレは喜色満面だった。小さなバッジを手の平に乗せ、指先で転がし、どこからか戻ってきたポールが足元にじゃれてくると、おおっと声をあげた。

「ポール、どこへ行ってたんだよ。さっきからしばらく散歩に出てただろう」

「俺たちの雰囲気が険悪になったから、ちょっと怖かったんだよねポール。もう言い合いはしてないよ。怖がらせてごめん。Vの気配も近くには感じられないし、まあ……安全と言っていいかもしれない。よかった」

最後まで気を張っていたかっぱが息を漏らした時、ガブリエーレは小さくガッツポーズを作ってみせた。

「かっぱ、俺は頑張るからな」

「ええ。俺もお見送りまで、しっかりガビーのことを守るよ」

「ああ。その後、俺がアメリカから戻るまではずっとメールでやりとりしよう。そうしないと忘れられちまうかもしれないからな」

「え？　いえ、そんなにすぐには……」

「そういうことじゃない。友達同士の話だよ。便りがないと面白くないだろ。少なくとも俺はつまらんし、不安だよ」

「…………」

「かっぱ？」

「……一服してくる」

かっぱは立ち上がり、まとわりついてくるポールを抱き上げると、店の外の煙草盆《たばこぼん》の前まで歩いていった。距離を置かれたガブリエーレとバシリスは、互いに視線をかわした。

バシリスは苦笑していた。

「やっこさん、今は煙草を吸ってないことを忘れてたぞ。まあ、なんだ。ごまかしたいものがあるんだろうな」

「そこまで言われなくてもわかってます」

二人は沈黙を共有し、かっぱの背中から目を逸《そ》らした。

ガブリエーレはワインを一口飲んだ後、バシリスに話しかけた。

「……アメリカにも、テネブレやＶの事情を知っている人は存在するんでしょうか」

「教会の人間の一部には知らされている。Ｖ案件が起こってからじゃ遅いからな。だが今のところ、そんな報告はない。これはヨーロッパの『風土病』みたいなもんだ。あいつらは海を越えられないからな。まともにとりあってもらおうとは思わんほうがいいだろう」

「…………」

ガブリエーレは改めて、自分がゆこうとしている道にはりめぐらされた茨《いばら》の数々に思いをはせた。誰にもわかってもらえないだろうというバシリスの言葉も胸に染みた。

だがそれは、かっぱが日々体験していることで、まぎれもなく彼らにとっての現実であるのだと。

そう思えば、行く先がどのような道であったとしても、孤独ではない気がした。

「……楽しみです」

「頑張ってくれ。俺もいい加減にまっとうな後輩が欲しい」

「もちろん四年以上はかかりますよ」

「あいつらを見てると、年単位で物事を考えるのが馬鹿馬鹿しくなってくるぞ。人生は『やるか、やらないか』だ。遅い、早いは関係ない」

あいつら、というバシリスの言葉に、ガブリエーレは彼が目《ま》の当たりにしてきた数々のニポーテとダンピールの姿を想像した。中間管理職のようなものをしていると言うからには、ある程度の数のそういう人々に出会ってきたのだろうと。

ガブリエーレは問いかけた。

「今まで出会ってきた、NとDのコンビの中で、一番印象深かったのはどんな人たちでしたか」

「なんだなんだ。社会科見学の質問みたいだな」

「障《さわ》りがあるようでしたら、お気になさらず」

「お前さんたちだよ」

「…………」

　お茶を濁《にご》す回答かとガブリエーレは苦笑したが、バシリスの顔は真剣だった。

　バチカンからやってきた男は、ガブリエーレの顔をじっと覗き込んでいた。

「まず第一に、Ｎ志望の人間が若い。人生を半分引退したようなじいさまやばあさまじゃない。これが珍しい。第二に、お前さんとかっぱの関係だ。友達同士のように気安い。どこにも恐怖の色や、それをごまかそうとする偽善の色がない。第三に、お前さんの選択だ。Ｎっていうのはまあ、生きてりゃそれでいいような仕事だからな。極論を言えば誰にでもできる。突拍子もない秘密を抱えることの、メンタルへの悪影響を考えなければ、その場所に安住するのは簡単だ。だがお前さんはより困難な道を選んだ。第四に、お前さんは戻ってこようとしている。おためごかしの約束じゃなく、本気でだ」

　にこりと、バシリスはガブリエーレに微笑みかけた。

「印象深いよ。これからもそうだろう」

「……………どうも」

「これは独り言だが、長く生きるほど、ＤはＶになることを考え始める。人間の中で孤独に暮らすことにうんざりするからだろう。Vは享楽《きょうらく》的な性格になると言われるが、俺はそれはある意味での防衛機構なんじゃないかと思っている。孤独だからな。何もかも楽しいって思えるようなメンタルでなきゃやっていられんだろう」

「…………………」

「偽善的な言葉かもしれんが、Kは運がいい」

「…………」

「この世界のどこかに友達がいれば、本当の意味で孤独にはならんからな」

戻りました、という言葉と共に、かっぱはポールを抱いて着席した。ぷぎ、うぎ、という甲高《かんだか》い声に、かっぱは目を細め、足元にポールを下ろした。

「すみませんでした。ええと、何か飲みます？」

「いいねえ。もう一本ビールが飲みたかったところだ」

「じゃ、俺もおすすめのワインをもう一杯。かっぱは？」

「俺は…………」

時間を稼ぐように、メニュー表に顔を埋《うず》めたかっぱは、笑って顔を上げ、ガブリエーレを見た。

「はい。じゃあ俺も、ワインをもう一杯」

店が看板を下ろすまで、三人は穏やかに酒杯を重ねた。

翌日。


旧市街の観光ホテルの前で、バシリスはガブリエーレとかっぱに正対していた。

早々にバチカンに引き上げるため、フィレンツェ滞在はここまでだという。

「それじゃ、俺の仕事は終了だ。頑張れよ、ガブリエーレ。Ｋ、この後のＮについては追って報告する」

太鼓腹《たいこばら》の男は、山のような土産物《みやげ》を袋に詰め、両腕にぶら下げていた。ワイン。ビール。生のポルチーニ。乾物のポルチーニ。トリュフ。ペコリーノチーズ。フィレンツェのロゴの入った野球帽。

ガブリエーレは苦笑しながら、駅まで荷物を持ちますよと請《う》け合ったが、バシリスは固辞した。いつもは底抜けの親切心を発揮するかっぱも、何故か持とうとしないので、それではとガブリエーレは身を引いた。

バシリスはにかっと笑った。

「そのバッジをなくすなよ、ガブリエーレ。それがあればある程度のやつらは事情を察するだろう。それからVにも気をつけろ。せっかくの人材を奪われちゃたまらんからな」

「ご心配なく。俺が守ります」

「そりゃ心強い」

わははと笑ったバシリスの隣を、迷惑そうな顔で人々が通り過ぎていった。荷物によって横幅が広くとられているので、通り抜けるスペースが足りないのである。おっと、と呻《うめ》き、バシリスは出発の素振りを見せた。

ガブリエーレはバシリスの手を取り、強く握った。

「神父《パードレ》バシリス、お会いできてよかったです。本当にありがとうございました」

「よき旅を、若人よ。ほどほどに力を尽くせ。燃え尽きちまうと困るからな」

「善処します」

「……パードレ、お気をつけて。それから、よろしくお伝えください」

かっぱは奇妙な挨拶をし、一礼すると、身を引いた。

バシリスは笑って手を振りながら、駅の方角へと一人で歩いていった。

駅までの道筋の途中、かっぱもガブリエーレも見えなくなった頃合いに、バシリスは立ち止まり、土色の壁の裏に向かって話しかけた。

「やあ、重い重い。待たせたな。半分持ってくれ」

数秒後、土壁は応《こた》えた。

「私はあなたの雑用係ではないのですが」

「そうかたいことを言うな。長年のパートナーってやつだろう」

つい数秒前まで誰もいなかった壁の前に、若い男が一人立っていた。長い銀色の髪を腰までの三つ編みにした男が、腕組みをしてよりかかっている。聖職者のように服は黒一色で、瞳は最高のバーテンダーが仕上げたカクテルのような、きらきらと輝く濃い青だった。

笑って話しかけるバシリスを、若者は一蹴《いっしゅう》した。

「私はあの若者とＫのようなウエットな感情は抱いておりませんので」

「まあいいじゃないか。今回の幕引きには、お前の大仕事は要らなかったわけだし」

「とんだ無駄足でした」

「喜べばいい。カロンの仕事は好きじゃないんだろう」

「『仕事』と名のつく行為全てが好きではないだけです。Ｋは私に気づいていましたよ。私避けの護符まで作り、あの男に進呈していた始末だ。まあ本来の用途には使われなかったようですが」

「そのくらいは勘弁してやるべきだろ。ここはあいつの庭だからな。齢《よわい》三百のダンピールの前じゃ、お前は赤ん坊みたいなものだよ」

「不愉快です」

「そう拗ねるな。俺はけっこうエンジョイしてきたんだからな」

「なお不愉快です」

カロン。忘却を司《つかさど》る、バチカンのダンピール。

事と次第によっては——ガブリエーレが「ニポーテの資格なし」と判断された場合は——大いに活躍するはずだった存在は、忌々《いまいま》しげに整った顔立ちを歪めた。バシリスは大きく目を見開き、ビニール袋でいっぱいの両腕を広げた。

「見ろ、そんなことじゃないかと思って、こんなにおみやげ買ってきたんだぞ」

「不愉快は不愉快です」

「もちろんペコリーノも忘れてない」

「……ある程度、不愉快が軽減されました」

「そうこなくちゃな」

きっかり半分、バシリスの荷物を持った男は、駅への道をよたよたと歩き始めた。三歩歩くたび舌打ちをするか、悪態をつくので、そのうちバシリスは笑い始めた。

「歩くのがそんなに嫌いか」

「通常私は霧になって移動しています。この体は不自由だ」

「そんなこと言ってると、あっという間にＶになっちまうぞ」

「ご冗談を。私は仮初めの体に執着がない」

「まあ……そうだよな。俺もＫに会うと忘れちまうんだが、大抵のダンピールってのは、そういう生き物だよな」

「私は自分を『生き物』であるとは思っていません」

「でもペコリーノは食うじゃないか」

「趣味のようなものです」

「『趣味』ってのは生き物の特権だと思うぞ」

「いつになく口数が多いですね、バシリス。とても不愉快だ」

「干しブドウもあるぞ。ペコリーノと交互に食うの、好きだろ」

「…………何故バチカンはカロンに自由な買い物を認めないのか。理不尽だ」

「まあ、そうだな。それこそあいつらは、お前たちに独立した人格を認めていないからだろうよ。忘却機械か何かだと思ってるんじゃないか」

「そんなことだから、先輩格のダンピールが、野良のＤになることを望んだりするのですよ」

「Kのあれは脱走みたいなもんだろう。事後承諾はされたが……とはいえバチカンにいる限り、お前はひとりっきりでVになることはない。その恐怖からは解放されている」

「私には恐怖などない」

「Kの前で同じことを言ってみな、イプシロン」

よたよたと歩きながらも、二人は会話を途切れさせなかった。

大方の場合、バシリスの任務に付き添う羽目になるカロン、イプシロンは、端整な顔に苛立《いらだ》ちを滲《にじ》ませ、両手にくいこむビニール袋を持ち直した。

「……買い過ぎだ。明らかに買い過ぎだ。生活習慣病になるぞ」

「なに、久々に一緒に酒盛りがしたくてな」

「私は酒は飲まない」

「ノンアルコールぶどうジュースもあるぞ、安心しろ」

「そんなものが欲しいと言ったことはない」

「はあー。ガブリエーレが羨《うらや》ましい。Kは本当にできたやつだよ」

「馬鹿馬鹿しい。いずれ食い殺すことになる餌《えさ》に、『友情』を感じるとは」

「俺はお前に食い殺されてやる気はないぞ」

「当然。私がVになった暁《あかつき》には、バチカンの仲間たちが総出で私を排除にかかることでしょう。その点に関しては、あなたは安心できるはずです。だからといって私があなたの友情ごっこに付き合う必要はありません」

「お、着いた。切符を買ってくる。こっちも持ってくれ」

「おい！　話を聞け！」

イプシロンに全ての荷物を押し付け、長蛇《ちょうだ》の列の切符カウンターに並んだバシリスは、三十分後、げんなりした顔のダンピールのもとに戻った。そして切符を差し出した。

二人分あった。

「は？」

「言っただろ、酒盛りしたいって。車内でいろいろ食べながら帰ろうじゃないか。どうせフィレンツェからローマまでは一時間半かかる」

「…………私は霧になっているのを好むと言ったはずですが」

「無賃乗車をしたいってのか？　ふといやつだな」

「あなたに言われたくはない！」

「俺は太くない！　『愛されマシュマロボディー』だ！」

一時間後、二十五分遅れで到着したローマゆきの電車に、二人はのたのたと乗り込み、膨大な土産物を頭上の棚に上げてしまうと、対面の座席でささやかな食事を始めた。巻き込まれたイプシロンは、はじめのうちは呆《あき》れ顔をするばかりだったが、チーズと干しブドウが出てくると、もくもくと手と口を動かす機械になった。

「……そういえば、一回助けてくれたな」

「ん？」

「ガブリエーレを。ポルチェリーノのテネブレが暴走して、風に吹き飛ばされた後、市場のほうまで引きずっていって介抱してくれただろう」

「……忘れた」

「ありがとな」

「悪目立ちさせたくなかっただけです。人々がざわつき、何かに感づく素振りを見せたら、私の雑用が増えることになりますので」

「忘れさせ屋も大変だな」

「わかっているならあの馬鹿男の暴走を止めてやればよかったでしょうに。挙句の果てにVに連絡を取るとは。破滅願望でもあるのでしょうか」

「大真面目だよ。あいつにはあいつの志《こころざし》ってものがあるんだ」

「は。そんなもので身を守れると思っているなら、ちゃんちゃらおかしい」

「ほれ、もっと食え。燃料が足りてないからカリカリするんだ」

「私はカリカリなどしていません」

「まあ食えって」

フィレンツェの街並みが終わり、窓の外の風景は少しずつ変化していった。街と街の間の何もない丘陵地帯の風景が広がり、時折家畜が草を食《は》む。

チーズを食べ終わったイプシロンは、ナプキンで指先を丁寧にふいた後、小さく鼻を鳴らした。

「…………割合、うまかった、ように思います」

「そりゃあよかった。試食した時にな、好きな味だろうと思ったんだよ」

「くだらない」

「そうかい」

バシリスは笑って、ノンアルコールのぶどうジュースを飲んでいた。

イプシロンはしばらく黙り込んだ後、ぽつりとこぼした。

「我々はいずれVになります。その時にはどれほどの醜態をさらすかわかったものではありません。ペコリーノチーズの味も忘れ、わけのわからないことを並べたてて高笑いをするのでしょう。願わくばその場に、あなたがいないことを祈るばかりですよ」

「ああ、俺の寿命プラスアルファくらいは生き延びてくれよ。友達が先に死ぬのはつまらん」

「私はあなたの友達ではありません」

「そうかい？　俺は一回こうして楽しく飲み食いをしたら、大体『友達』認定しちまうよ。これで五回目だろ、こうして一緒に旅をするのは」

「忘れました」

「俺は覚えてる。ナポリ、フェラーラ、アッシジ、ミラノ、今回のフィレンツェ。全部の街の野球帽を買ったからな」

「くだらない」

「次はどこだろうな。楽しみだ。いつかギリシアにも縁があるといいんだが」

「冗談ではありません。半島を大回りすることになりますよ」

「だが美しい場所なんだよ。本当に美しいんだ」

お前にも見せてやりたい、と。

バシリスが告げると、イプシロンは微かに、皮肉っぽく笑った。

「忘却の仕事を任されにゆくのを『楽しみ』とは。悪趣味ですね」

「お前は真面目すぎるんだ。もうちょっと不真面目になれ」

「そしていずれカロンの職務から脱走しろと？　あのKのように」

「そしたら、脱走先はギリシアにしてくれ。俺の実家を紹介するよ。海辺のきれいな家なんだ。毎朝最高の海が見られる」

「馬鹿は休み休み言ってほしい。そもそも私は海が嫌いです。眺めるたびにめまいがします」

「それもわかってる。だがな、俺たちは今、お前たちがそんなふうにならないための薬をつくろうとしてるんだよ」

イプシロンは目をしばたたかせた。バシリスはにかっと笑った。

「セクション外秘だがな。お前には話しておきたい。薬づくりが成功したら、いつか一緒に海遊びでもしようじゃないか。俺が医師免許を取得したのはイタリアだが、実家はギリシアの人間だからな。海に生かされてきた男なんだよ。お前にもどうにか、海の素晴らしさを味わってもらいたい」

「…………」

「クサクサしていた頃の俺に助言をくれただろう。いっそ神父にでもなったらどうだって。おかげで今の俺がある。そのせめてもの礼みたいなもんだ。ああそれから、ついでに、お前のそのとびっきりきれいな瞳。俺の実家の前の海の色にそっくりなんだ」

しばしの沈黙の後、イプシロンは特大のため息をつき、腕組みをした。

そしてごつんと窓に頭突きをするように寄りかかり、目を閉じた。

「……どこが『ちょっと』恥ずかしいだ」

「ああ？　聞いてたのか。本当にお前は情報収集熱心だな」

「何年間同じことを続けているのです」

「趣味の領域でしか研究ができないことだからなあ。まあ時間がかかってることは否定しないさ。それでもいつかはいつかだ。少しずつ前に進んではいる。五年も待てば最新の知識を仕入れた後輩も手に入りそうなことだしな」

「その時までに私がV化していないという保証はありません」

「その時はその時だ。Dを人間に戻す薬じゃなく、Vを人間に戻す薬を作ってやらなきゃならなくなるだろうが」

「勝手にしろ。眠る」

「あいよ」

「……しかしうまいチーズだった」

「わはは」

寝たふりをする相棒の向かいで、バシリスは大型の液晶端末を取り出し、バチカンへの報告書を無音で作成し始めた。

CAPITOLO
QUINTO

十月も半ばを過ぎると、ヨーロッパの街はクリスマスの準備を始める。そのまま十一月、十二月と季節が変わってゆくほど、飾り付けは華やかに、人々の気分もうきうきする。

そして十二月二十五日。

クリスマス。生誕節。イタリア流にいうのならば、ナターレ。

ガブリエーレは急に寒さを増してきた空気の中で、ジャケットの襟を掻《か》き合わせた。

目指しているのはアルノ川のほとりにある個人邸宅、コルシーニ宮である。

二十一世紀になって尚《なお》、権力、財力を十分に持ち合わせている貴族の個人所有であるため、ビジネスシーン以外はほとんどクローズされている豪奢《ごうしゃ》な邸宅であるが、クリスマスの日だけは特別に、マーケットが開かれ、中の喫茶室で飲食をすることができる。夢のように華やかな壁画と、シャンデリアや調度品に囲まれた邸宅の中で。

パネトーネやサーモンを買おうと右往左往している人々をかきわけて、ガブリエーレは人を探した。

「ガビー、こっちだよ」

そして声を聞いた。

喫茶コーナーの端、キリストの生誕を祝う聖人たちの行列が描かれた壁の前に、その男は座っていた。

ティーンエイジャーにも見える外見。淡い茶色に染めた髪。赤色のジャケット。

「待たせたな」

「ううん、ついさっき席が空いたところだったんだ。ちょうどいいよ」

「注文は」

「とりあえずコーヒーを二つ」

「ありがたい」

ジャケットのジッパーを下げ、ガブリエーレはふうっと息をついた。

かっぱは微笑《ほほえ》みながら、ガブリエーレの顔を見ていた。

「……何だか、まだ不思議だな」

「何が？」

「アメリカに戻るって決めたんだろう。それなのにこうして、俺と一緒にいてくれることが」

「復学のタイミングってものがあるんだよ。カリキュラムがカリキュラムだからな、いつからでもいいわけじゃないんだ。手続きはもうほとんど終わってるが、来年の九月に戻っていらっしゃいって言われたよ」

「……そう」

かっぱは儚《はかな》げに微笑み、何かを自分に言い聞かせるように、小刻みに何度も頷《うなず》いていた。

「じゃあ、これが二人で過ごす、最初で最後のナターレになるんだね」

「そんなはずないだろ。こっちに戻ってきた後は、しょっちゅう顔を出すつもりでいるぞ」

「……そっか」

「そうだよ。それより、パオロに渡してきたからな、例のプレゼント」

「ありがとう」

ガブリエーレは携帯端末を取り出し、撮影したばかりの写真をかっぱに見せた。

一時の病《やまい》が嘘《うそ》のように快復したパオロを囲むようにして、ロンディーノ家の人々はあたたかな部屋の中で生誕節を祝っていた。パオロが着ているのは、ガブリエーレがプレゼントしたばかりのセーターである。贈り主はかっぱだった。

「着てもらえてよかった。今年の冬は寒いっていうから、あたたかくしてほしくて」

「喜んでたよ。最高のものをもらってしまった、ありがとう、ありがとうって」

「パオロはいつもオーバーなんだからな」

「ずっと着るってさ」

「……よかった」

かっぱは微笑み、コーヒーが運ばれてくると、グラツィエと言って受け取った。

二人は無言で、あたたかなコーヒーを飲み、ほっとため息をついた。

その後顔を見合わせ、二人は同時に人の悪い笑みを浮かべた。

「実は……」

「あのね……」

「…………」

「…………」

同時に話を切り出そうとし、同時に黙り込んだ二人は、揃《そろ》って笑い始めた。

「そっちから言えよ。わかってはいるが」

「ガビーからどうぞ。俺もわかってるけど」

「もう『いっせいのせ』で出すか」

「いいよ。いっせいの」

「せ」

二人は同時に、小さな包みをテーブルの上に出した。かっぱは緑色の包み紙に金のリボン、ガブリエーレは赤い包み紙に黒いリボンだった。

「贈り物だぞ、かっぱ」

「俺からもだよ。開けていい？」

「どうぞどうぞ。俺も開ける」

二人は同時に、お互いへのプレゼントを開封した。

先に包み紙を開けたガブリエーレは、華やかな品物に息をのんだ。

青いガラスの粒が幾重にもつらなった、長いネックレスのような装身具。

ロザリオだった。

だが十字架はついていない。

「これは……？」

「ええと、説明が難しいんだけど、『スーパー護符』、かな」

「スーパー護符」

「珠が二百個ついているんだけど、一つ一つが小さな護符なんだ。毎日力を込めたよ。だからその珠一つで、小さなテネブレくらいにならら立ち向かえる。全部まとめて持ち歩いていたら、そもそも悪いものは寄り付かないと思う」

「……おお」

「でも、無理をしろって言ってるわけじゃないからね。本当にそれだけはわかってね。パオロより百倍くらい無鉄砲だから心配になって、こんなものを作っただけだからね」

「わかってる、わかってるよ。俺のほうも開けてくれ」

「…………」

かっぱは途中で止まっていた手を動かし、赤い包み紙を開けた。

出てきたのは有名な時計会社の箱だった。

「これは……」

ぱっくりと音を立てて箱を開けると、中に入っていたのは腕時計だった。

茶色い革のベルト。銀色のギミックにクリーム色の文字盤、黒い数字。

「クラシックでいい感じだろ」

「こんなにいいもの、俺にくれるの」

「耐衝撃に一番優れたタイプにした。どんな時でもつけられるぞ」

「……どうして時計にしてくれたの？」

「見ろ。お揃いだ」

ガブリエーレはにゅっと自分の腕を突き出し、シャツとセーターの袖《そで》を引き上げた。

黒色のベルトと茶色の文字盤の他は、かっぱのものと同じ時計が、ガブリエーレの腕に光っていた。

「アメリカにいる間も、この時計はずっと時差調整をしないで置いておく。つまり俺たちは、同じ時間を生きるってことだ」

「…………イタリアにも、サマータイムとか、あるけど」

「多少のずれは織り込み済みだ！　いや、そういう時にはメールで連絡してくれよ。『ガビー、時間を調整しないといけないよ』って」

「……忙しくなるんだろう。そんなことしてる暇は」

「ある、ある。これでも俺は仕事ができるガブリエーレさんだからな。任せておけよ」

「……ありがとう」

かっぱは笑った。何かをこらえ、じっと顔に力を込めながら、唇を震わせて笑っていた。

「ありがとう。大事にする」

「ちなみに気に食わなくて交換したい場合に備えてだな、店のレシートが」

「嫌だよ。絶対交換しないよ。これがいいよ」

「ならよかった」

かっぱは細い手首に腕時計をはめ、ベルトの穴を調整すると、時計を握りしめ、胸に腕を押し当てた。

ガブリエーレはその光景をじっと見つめながら、コーヒーを一口喫し、笑った。

「真面目《まじめ》な話、感謝してるんだ」

「……俺に？」

「他の誰でもないさ。俺は……生まれつき医者の家だったからな、自分がその道に進むことには何の疑問もなかったんだが、同じように何の確信もなかった。どうして自分がそうしたいのかわからなかった」

「……俺のおかげって言ってくれるのは嬉《うれ》しいけど、俺のせいでもあるんだよ」

「そういうことだけじゃない」

ガブリエーレは首を横に振り、笑った。

「かっぱ。あんたと一緒にいると、俺は困ってる人たちに山ほど出会える。そういう人に出会うのは、かけがえのない財産だ。自分の力の足りなさを痛感するし、何ができるだろうと考える機会ももらえる。困り事の原因は千差万別だが、心や体に影響が出てくる以上、俺やあんたの活躍の機会がある。俺はテネブレを食べることはできないが、別のアプローチで薄めることくらいはできるかもしれない」

「…………」

「もちろんテネブレにとりつかれているんじゃない、普通の患者の人たち相手にも、その経験は生きる。感謝してるんだ。本当に」

「……ガビーは、いいお医者さんになると思うよ」

「そうなれたらいいんだがな。だが俺の本命は研究職だ。未知の病原菌や風土病に敢然《かんぜん》と立ち向かう、格好いいドクターになって帰ってくるぜ。五年かかるか、六年かかるかはわからんが、必ず戻る」

「その時も俺は、今と同じ姿のままだよ」

「それは見せかけの話だ。俺たちは一緒に時を重ねるんだからな」

「……………追加で何か注文しよう。コーヒーが終わっちゃった。最近涙もろくて困るよ」

「仕方ないだろ。中身は超後期高齢者なんだから」

「外見年齢は俺のほうが若いけどね」

「無理しなさんなよ」

ガブリエーレは席を立ち、食品を売るカウンターに向かうと、パネトーネのスライスを二人分と、持ち帰り用のスモークサーモンの包みを注文した。ナターレの食べ物は、日本食で言うところの『おせち料理』に近い概念の存在で、祝祭シーズンで大半の店がしまってしまっても、問題なく食いつなぐことができるよう、保存食が多い。

しばらくかっぱと二人、アパートにこもりきりになることを考え、ガブリエーレは楽しく買い物をした。

パネトーネとサーモンの包みを持ってきた店員は、なあ、とガブリエーレに話しかけた。

「あんたとあの人は、お友達なのかい？」

「そうだよ。何か問題でも？」

「いや、何もないさ。だが……気のせいだと思うんだが、前にもあんな風景を見たことがある気がしてなあ」

ガブリエーレはさっと顔を曇らせた。

六十代、あるいは七十代にさしかかるような年頃の店員は、白い顎《あご》ひげをしごいていた。

「うんと昔……あの人があの席に座っているのを見たことがあるような気がする。相手はもちろんあんたじゃなかったが……ふーむ、お孫さんかな」

「それはいつ頃の話ですか？」

「俺がまだ子どもの頃の話だよ。親父《おやじ》もお袋も生きてた頃さ。そうだ、三人でこのカフェに来たんだ」

「不思議な偶然もあるものですね」

「しかしそっくりに思える。見れば見るほど懐かしくなるくらいだ」

ガブリエーレは眉間《みけん》に微《かす》かに皺《しわ》を寄せた後、わざとらしいほどの笑みを浮かべてみせた。

「まあ、もしそんなことがあったとしたら、それは人間じゃありませんよ。きっと他人の空似か、遠縁か、どっちかじゃありませんかね」

「ははは。違いない。だがな、若いの。『人間じゃありません』なんて言葉を、そんなに軽々しく使うもんじゃない。わしの知り合いにはな、妖精や鬼とも友達だったやつらがいた。昔の山には、そういうやつらが棲《す》んでいたんだ。トスカーナに限らず、あっちこっちにな。人間じゃないからって、それで友達になれないような口ぶりは、どうかと思うね」

「……………」

「まあ、いいさ、あの人が人間でも、そうでなくても」

表情を失っていたガブリエーレが、はっとした顔をしても、老人は笑っていた。

「この歳《とし》になるといろいろと不思議なものを見たり聞いたりする。そういうこともあるだろう。だがあの人はあんたといると楽しそうだ。よかったな。あんたたち二人にとって、それはとてもいいことだ。何しろ今日は生誕節だからな。いいことしか似合わない」

「……………そうですね」

「ボン・ナターレ《よいクリスマスを》」

「はい。ボン・ナターレ」

ガブリエーレは店員と眼差《まなざ》しをかわし、ごみごみしたカフェの中を、両手に食べ物を持って席に戻った。

「おかえり。何を話してたの?」

「いいナターレになりますように、ってな。それだけだ」

「そう……」

何を知ってか知らずか、かっぱは曖昧《あいまい》な顔をした。ガブリエーレがパネトーネを差し出すと、かっぱは微笑み、一かけ切って口に運んだ。ガブリエーレもならった。

やわらかな感触と、卵と小麦粉にレーズンやくるみを加えた懐かしいあまみが、ほろほろと口の中に広がった。

無言でクリスマスのお菓子を楽しんだ後、かっぱはそっと、コルシーニ宮の天井を見上げた。天使たちが飛びまわる天井画の手前に、すずらんの形をしたステンドグラスが連なっている。金色の縁取りに飾られた壁面には、かつての貴族たちの絢爛《けんらん》豪華な趣味を示す、繊細な絵画が所狭しと描き込まれている。

「絵の保存状態がいいなあ……」

「見方が専門的だな」

「フィレンツェに長年いると、どうしてもね」

でもそれも終わりに近いかもしれない、とかっぱは早口にこぼした。ガブリエーレが無言でいると、ダンピールは微かに笑った。

「言ったかな。最初からずっと、三世紀フィレンツェにいるわけじゃないよ。そんなことをしたら絶対に周辺の人たちに素性《すじょう》がばれてしまう。長くて半年、ゆっくりでも一年で、俺たちは転居を繰り返してる。パオロにも苦労をかけたよ。彼はできるだけ俺のそばにいようとしてくれたから」

「ある程度は想像していたよ」

「……次はどこへ行くのかな。バチカンからの指令通りに動くだけだから、俺の意志では決められない」

「じゃあ、これがコルシーニ宮で過ごす、最後のナタ一レかもしれないわけか」

「かもね。もちろん、イタリアの中のどこかにはなると思うから、ここで過ごしたいと思ったら、戻ってくることもできるとは思うけれど」

かっぱはしみじみと、どこになるのかな、と呟《つぶや》いた。

ガブリエーレは肩をすくめた。

「どこになっても、絵はがきくらいは送ってくれよ。俺も送り返すから」

「『イタリア』って白抜きで入ってるような、お土産《みやげ》屋さんで売ってるよれよれの紙のはがきで？　どうせなら便箋《びんせん》で送るよ」

「そんなに長い返事はできないぞ」

「いいよ。返事はなくて。俺が送りたいだけだから」

「いや、返事はする」

「いいのに」

「する」

ガブリエーレが言い募ると、かっぱは諦《あきら》めたように笑った。

あたりの喧騒に耳を澄《す》ますように、しばらく黙り込んでから、ガブリエーレは問いかけた。

「いいナターレか？」

今日という日は、いい日かと。

そう問われたかっぱは、微笑み、答えた。

「…………うん。とても」

「そりゃよかった」

そしてガブリエーレは、そっとかっぱに手を差し出した。

少し驚いた顔をするかっぱに、ガブリエーレは首をかしげ、にやりと笑った。

「少なくとも来年の八月になるまでは、俺はあんたのニポーテだ。バチカンから許可のメールも届いてる。引き続きよろしく頼むよ、俺の相棒さん」

「……はい。来年の夏まで、どうぞよろしくお願いします」

「考えてみると準備期間が長いなあ」

「少しでも勉強に追いつきやすいよう、テキストか何か購入したら？　心配だよ」

「そこまで世話を焼けとは言ってないぞ」

「でも……」

にぎやかなナターレの喧騒の中で、二人はいつまでも、身の回りのことや友達のことを語り続けた。

真夜中を過ぎた頃、旧市街には雪が降り始めた。

Epilogo

フィレンツェにやってくる少年の名は、ガブリエーレであるという。

嬉々《きき》としているパオロに、かっぱは無言の仏頂面《ぶっちょうづら》で応《こた》えた。

「彼は私の年下の友達でね、テネブレを見てしまうんだ。大きな家の出身で、幼いのに窮《きゅう》屈《くつ》そうな日々を送っている」

「……バチカンとの連携は？」

「報告はしていない。今の彼に必要なのはニポーテへの斡旋《あっせん》でも、神の道への案内でもなく、穏やかな日々を送ることだからね。わかるだろう」

「それは、そうだろうけれど……」

かっぱはパオロに向かって、腕を広げてみせた。首をかしげたパオロに、かっぱは口に出して問いかけた。

「何故《なぜ》俺を、彼と君の観光の同伴者に？」

「うん？　だって今日、お前は暇だろう」

「……まあ、やることもないけれど」

「じゃあいいじゃないか。それとも子どものおもりなんて退屈かい？」

「パオロ、君は忘れてるのかもしれないけど、俺は人間じゃないんだよ」

「かもしれないが、大したことじゃない。ガブリエーレは人見知りをするような子じゃないし」

「子どもに悪影響があるかも……」

「ない。それは私が保証する」

断言するパオロは、Kと呼ばれて久しいかっぱの監督役だった。十年単位の付き合いの相棒である。だから慣れすぎてしまったのだなと、かっぱは内心ひとりごちた。

ダンピールがそばにいることにまつわる健康被害があるなどということを、かっぱも真面目《まじめ》に考えているわけではなかった。だがそれ以上に、自分の存在が心苦しかった。

テネブレを見てしまう以上、それを食べているDの存在を、異様なものとして感知できる可能性もある。

せっかくのフィレンツェ観光の最中に、奇妙で、異様で、おぞましいものを見せてしまうおそれは、少しでも排除したかった。

「……パオロ」

「もちろん、無理に来いとは言わないよ。だが、かっぱ、来てくれてもいいじゃないか。フィレンツェの生き字引みたいなお前がいてくれるだけで、私は心強いよ」

「…………」

「なあかっぱ」

　パオロは一律、朗《ほが》らかな笑顔でかっぱに迫った。この笑顔を押しのけられる人間、いやDがいるのならお目にかかりたいと思いつつ、かっぱは渋々口を開いた。

「…………後ろのほうから、ついていく。それでもいいなら……」

「やれやれ。日本人はシャイだな。そうだ、日本人といえば、ガブリエーレは四分の一日本人なんだよ。母方の祖父が」

「もういいって」

　大抵の場合は温和なわりに、大事な局面では言い出したら聞かないのがパオロだった。長年の付き合いでよく知っているかっぱは、途中でさじをなげた。

「こんにちは。ガブリエーレです。パオロ、今日はお世話になります」

「やあ、よく来てくれたね！　今日は一緒に遊ぼう」

「はい」

フィレンツェ中央駅で、ガブリエーレと合流したパオロを、かっぱは遠巻きに見ていた。聴力を少しいじって、二人の声がよく聞こえるように調整したので、十メートル程度の距離ならば何の障害にもならない。少年は電車ではなく送迎用の車で現れ、愛らしい半ズボン姿にカンカン帽をかぶっていた。そしてかっぱの想像以上に幼かった。せいぜいが五歳程度の年格好である。

「……あれが『友達』……？」

奇妙なことを言うものだと思いつつ、かっぱはパオロとガブリエーレの後ろ、数メートルをついて歩き始めた。

初めてフィレンツェにやってくるというガブリエーレに、パオロは最初、歴史の話をしようとしていたが、途中で諦《あきら》めたようだった。ガブリエーレは静かで、物分かりのよさそうな子どもだったが、二千年前の出来事を系統的に理解できるほどの年齢ではない。

ジェラート店を見つけたパオロは、そうだとガブリエーレに微笑《ほほえ》みかけた。

「食べるかい」

「……いいんですか」

「おうちでは禁止？」

「はい。でも、パオロが買ってくれるなら、お父さんもお母さんも何も言わないと思う」

「じゃあ食べよう。こういう時こそだ。私も食べるよ。何味がいいかな」

「……………………考えてます」

「いっぱい考えるといいよ」

まるきり子守りの様相を呈する街歩きを、かっぱはやる気なく見守っていた。そもそもパオロは子どもが好きな男だったたし、実子たちが成長し、手を離れた今となっては、孫を見守るような気持ちなのかもしれなかった。

ガブリエーレはチョコレートのジェラートを選択し、大いに感動した顔つきで食べていた。パオロはそれを楽しそうに眺めていた。

かっぱは遠くにかけられた絵を眺めるような気持ちのまま、二人についていった。ドゥオモ広場を経由して、ミケランジェロ広場へと続くルートをゆく途中、ガブリエーレはもう一度ジェラートを所望し、パオロはガブリエーレのお腹《なか》を心配し、今はやめておこうと告げた。ガブリエーレが涙ぐんだので、もうしばらく歩いてからならいいよとパオロは妥協《だきょう》し、少年を微笑ませた。

ガブリエーレは四歳だった。

来年五歳になります、と言うガブリエーレは、街を見回し、ぽつりと呟《つぶや》いた。

「きれいなところですね」

「そうだろう。私の大好きな街だからね」

「……黒いもやもやが全然いない……」

かっぱは笑いそうになった。前日、パオロと二人で旧市街の入念なパトロールをしたばかりである。少年に知覚できるようなテネブレは、確かに存在しないはずだった。

逆に言えば少年は、他の街では、あるいは自分の家のそばでも、テネブレを一人で視《み》てしまい、怯《おび》えているのかもしれなかった。哀《あわ》れなことである。

カロンとしての経歴を思い出し、もし消したい思い出があるなら消してあげようかなとかっぱが考え始めた時、パオロが口を開いた。

「それはね、私の友達が、いっぱい掃除をしてくれたからだよ」

「友達が、掃除?」

「そうとも。私の友達はすごいんだ。黒いのをいっぱい片付けてしまうんだよ」

「それは、ぼくにもできるようになる?」

「うーん、残念ながら、ならないと思うね。私にもできないことなんだ。特別な人にしかできないことだよ」

「なんだ……」

かっぱは遠くからパオロに視線を送った。喋《しゃべ》りすぎないで、という牽制《けんせい》である。四歳の子どもの戯言《たわごと》として受け取られるとしても、口うるさいバチカンが何を言ってくるかわかったものではない。

パオロはそろそろ、ニポーテを辞めてもおかしくない年齢である。

少しでも穏やかな日々を過ごしてほしい、というのが、かっぱの願いだった。

振り向いたパオロは、ただ温和な笑みを返しただけだった。

アルノ川にかかる橋を渡ったところで、二つめのジェラートを買ってもらったガブリエーレは、今度もチョコレートの味を選択した。最初から最後まで目を輝かせて食べる様子に、かっぱは少し、くたびれた気持ちになった。

人間は生まれてきて、死ぬものである。

そのプロセスの中で、世界の眺め方は変わってゆく。

生まれてきた頃には目をきらきらと輝かせながら眺めていた世界が、年を経るごとに、色褪《あ》せたように思えてくる。三百年近い時間を生きてきた存在の経験則でもある。

世界の全てに感動しているガブリエーレの姿が、ダンピールにはあまりにもまぶしかった。

「…………」

あまりにも小銭が多い財布にうんざりし、かっぱも一つ、カシス味のジェラートを購入し、二人の後ろをついていった。ジェラートはおいしくもまずくもない、いつもの味だった。

異変が起こったのは、パオロがガブリエーレを肩車から下ろし、ミケランジェロ広場ゆきのバスに乗り込んだ後だった。かっぱには事の一部始終が見てとれた。

ガブリエーレは口元をおさえ、ちょっと気分が悪いです、と折り目正しくパオロに告げた。慌てたパオロは次のバス停でバスを降り、かっぱも後から降りたところで、ガブリエーレは嘔吐《おうと》した。げえげえと吐いた。ジェラート二つと揺れるバスは、幼い少年の胃には明らかな過負荷だった。

ナプキンも何もないので、パオロは慌てて近くの薬局へ、水とタオルを買いに駆け込んだ。四歳の子どもは路上に置き去りである。ちょっと、それはまずいのでは、とてもまずいのではと思い、かっぱは右往左往しつつ、結局十メートルの距離を詰めた。

「大丈夫?」

いきなり現れた、謎の若い男が話しかけても、ガブリエーレは何も言えなかった。まだ気持ちが悪いらしくえずいている。小さな背中をさすってやると、四歳の子どもは消え入るような声でグラツィエと言った。

「食べ過ぎちゃったんだね。大丈夫だよ。あんまり無理しちゃ駄目だからね」

「あい……」

パオロが戻ってくるまでの間、背中をさすり続け、ついでに体の調子が整うように念波を送っていると、ガブリエーレの調子は元に戻っていた。水とタオルを持って戻ってきたパオロに、かっぱはじっとりとした眼差《まなざ》しを向けたが、パオロの返事は笑顔だった。

「やあ。ようやく合流してくれたのかい。ガブリエーレ、こちら私の友達の」

「加藤悟《かとうさとる》です」

「日本の人……？」

「そうだよ。私たちの友達の国だ。さあ、お水を飲んで、口をふこうね。本当にごめんよ。君と会えるのが嬉《うれ》しくて、私もはしゃいでしまったんだ」

ガブリエーレはごしごしと口をぬぐった後、すみませんでしたと丁寧に大人二人に詫《わ》びた。四歳の子どもらしからぬ素振りに、かっぱは少したじろいだが、その後気を取り直し、パオロに耳打ちした。

「じゃあ、俺はまた後ろのほうに戻るから」

「何故？　一緒に歩きに来てくれたんじゃないのかい」

「見るに見かねたからだよ。もっと保護者としての自覚を持って行動して。ガブリエーレが可哀《かわい》そうだよ」

「一人ではできることにも限りがあるさ。やっぱりお前も一緒にいてくれたほうがいいと思うのだけれどねえ」

「…………彼はまだとても若い上に、今後もフィレンツェを訪れる可能性が高い。俺の姿を記憶に残さないほうがいい」

パオロは胸をつかれた顔になった。そんなことにも思い至らなかったのかと、かっぱは少し糾弾《きゆうだん》する目をして、再び雑踏の中に身を溶け込ませた。道を歩いている鳩《はと》を目で追っていて、ガブリエーレは気づかなかった。

「…………」

かっぱは自分が苛立《いらだ》っていることに気づいていた。それをパオロにぶつけてしまったことも わかっていた。それを謝りに行けるほど、まだ気持ちが穏やかにはなっていないことも。

かっぱはパオロが家族と過ごす時間が苦手だった。

ただ、ただ、何かがつらかった。

自分自身が彼らの仲間ではないことを、じわじわと思い知らされてゆく時間は、拷問《ごうもん》のようだった。

パオロとガブリエーレは、その後再びバスに乗り――かっぱはダンピールの力を速やかに行使し先回りした――バスの終点である広場に到着した。フィレンツェ旧市街を一望する景勝地《けいしょうち》である。

好天に恵まれ、トスカーナの乾いた空気を胸いっぱいに吸い込んで、ガブリエーレは満面の笑みを見せていた。そしてできることなら、もう一つチョコレートのジェラートを食べたいとパオロにオーダーしていたが、さすがにそれは受け入れられなかった。

歳《とし》の離れた『友人』同士は、ベンチに腰かけ、穏やかに話をしていた。かっぱはそれを十メートル離れた場所で聞いていた。

「パオロは、おおきくなったら何になりたいの？」

「私はね、もう大きくなってしまったけれど、できればこれからも、今の仕事を続けたいと思っているよ」

「いまのしごとって？」

「ガブリエーレがもう少し大きくなったら教えてあげよう。とても大切なお仕事をしているんだ」

「ぼくはね、お医者さんになるんだよ」

「それはすごい。お父さんと同じ道に進むんだね」

「…………………」

ガブリエーレは黙り、垂らした足をぶらぶらさせた。

「ぼくはいいお医者さんになれないかもしれない」

「どうして？」

「いつもお父さんに怒られてばかりだから」

「そんなことはないさ。たとえお父さんに怒られていたとしたって、いいお医者さんになる人はたくさんいるよ」

ガブリエーレは黙り込んだままだった。

パオロは少年を無理に喋らせようとはしなかった。

ガブリエーレはしばらく、何かを考えるように黙り込んでから、口を開いた。

「パオロは、ぼくがお医者さんになったら嬉しい？」

「どうして？」

「……ぼくが『お医者さんになりたい』って言うと、お父さんとお母さんがよろこぶから」

「そうなのかい。まあ、気持ちはわからないでもないがね」

「じゃあパオロも嬉しいの」

「私は君が好きな道に進んでくれるなら、それが一番嬉しいよ。それにしても、そういった悩みは、もうちょっと大きくなってから抱くものだと思っていたが……君は早熟だね」

「よくわからないけど、『そうじゅく』はよく言われる」

　パオロはガブリエーレの頭を撫《な》でた。ほっと、ガブリエーレの周囲に漂っていた空気がゆるんだことが、かっぱにはよくわかった。『将来』という概念をある程度理解しているとはいえ、まだまだ幼児である。欲しいのは未来の保障ではなく、現在の安心のはずだった。

　ガブリエーレは振り子のように足を揺らしながら、どこか諦めたような口調で言った。

「どうせ、ぼくはお医者さんになるんだ。それ以外の道なんてないから」

「道はたくさんあるよ。もう少し大きくなったら、君にもきっとわかるはずだ」

「ジェラート屋さんになりたいな。毎日ジェラートが食べられるから」

「お腹を壊すかもしれないよ？」

「……そしたら、やっぱり、お医者さんのほうがいいかも……」

　ぼそぼそと声を絞ったガブリエーレの隣で、パオロは少し笑った。

　そしてそっと、ガブリエーレの肩に手を置いた。

「ガビー、よく聞いておくれ」

はっとしてパオロのほうを見た少年と同時に、かっぱもまた、耳を澄《す》ましていた。

「この先君に、どんなことがあるにせよ、私は君の味方だよ。君は私の友達だからね。友達は友達のことを応援する。そういうものさ」

「……………よくわからないけど、ぼくもパオロのこと応援する」

「それは嬉しい。これでもまだまだ、もうひと頑張りできそうな歳だからね。やってみせよう」

にっこりと笑ったパオロにつられ、あどけない少年もまた、楽しそうに微笑んでいた。

それから二人はサン・ミニアート・アル・モンテ教会に立ち寄った後、バスに乗り――今度は混雑していたので、かっぱも目立たない場所に同乗した――フィレンツェ中央駅まで戻っていった。既《すで》にガブリエーレには迎えのリムジンが差し向けられており、運転手が『おぼっちゃま』の到着を待っていた。

パオロは最後にガブリエーレの頭をもう一度撫でてやっていた。

ガブリエーレはパオロを手招きし、何事かを耳打ちし、パオロは笑顔で頷《うなず》き応えていた。

吐いたことは内緒にしてください、と。

子どもらしいお願いに、かっぱも少し、頬《ほお》がゆるんだ。

その後ガブリエーレは、もう一言、パオロにお願い事をした。

「それから……ぼくの背中、さすってくれた人にも、ありがとうって言ってくれませんか。あの時はちゃんと言えなかったから」

十メートル離れた壁の裏から会話を聞いていたかっぱが、口に手を当てた。

パオロはしばらく黙ってから、嬉しそうな声で応じた。

「わかった。そうしよう」

リムジンのエンジン音を残して、ガブリエーレはフィレンツェ歴史地区を去っていった。


「可愛《かわい》い友達だったね」

「ああ……少しおもてなしが激しすぎたかもしれない。ガブリエーレに悪いことをしてしまった。まだ四歳なんだが、もっと大きく見えるだろう。おまけに頭の中身は十四歳くらいだ。ご両親が悩まれるのもよくわかる」

「最近よく出かけるけど、毎回あの子のカウンセラーをしてるの？」

「神の名において、話を聞く程度のことはしているよ。友達だからね」

友達ね、とかっぱが繰り返すと、パオロは呆《あき》れたような顔で笑った。

「どうしたんだ、かっぱ。今日はあまり機嫌がよくないね」

「別に。君の『友達』のレンジの広さに、ちょっと驚いてるだけ」

「お前は私を友達だと言ってくれただろう。どれほど歳が離れていても、友達だと」

「…………」

「同じことさ。そしてお前は、友達には敬意をもって接することも教えてくれた。言うなれば私の『友達』の先生のようなものだな。感謝している」

「やめてよ」

狭い部屋の中で、かっぱはパオロに背を向けた。

怪訝《けげん》な顔をするパオロに、言いつくろうなら今が最後のタイミングだと、かっぱもわかっていた。だが後戻りできる余裕はなかった。

かっぱは薄汚れた雑巾《ぞうきん》を絞りあげるような思いで、声を吐き出した。

「そういうことを言われると、お別れの準備をされているような気がする」

「…………かっぱ」

「わかってるよ。もう十年や二十年の付き合いじゃないんだ。パオロにそんなつもりがないのはわかってる。でも」

壁に頭をおしつけながら、かっぱは声を絞り出した。

「……君には新しい友達がたくさんできるかもしれないけど、俺には君だけなんだよ」

そう告げた後、しばらく何も考えられない時間を経てから、かっぱはすぐに後悔した。振り向くとパオロは、悲しげな顔でかっぱを見ていた。

そのまま近づいてきたパオロは、かっぱの体に腕を回し、強く抱きしめた。

年下の父親に抱きしめられているような錯覚を覚えながら、かっぱはパオロを抱き返し、首を横に振った。

「……………ごめん。こんなことを言うつもりじゃなかった」

「わかっている。わかっているさ」

「パオロ、君に幸せになってほしいって、心から思ってるんだよ。でも」

「私たちの間にそういう言葉は必要ないだろう。お前の幸せは私の幸せでもある。それは当然だ。だが同時に、苦しみや悲しみでもある。逆も然《しか》りだ。全ては表裏一体だからね」

「……………君が幸せそうな顔をしてると、つらいよ。置いてけぼりにされた気持ちになる」

「すまないね。だが私は幸せなんだ。それも大いに、お前のおかげでね」

「……………………」

かっぱは軽く、目元をぬぐった後、パオロから距離を取り、椅子《いす》に腰かけた。一年前に入居した時から下宿に置かれている椅子は、小さくてガタガタして今にも壊れそうだったが、結局何年ももっているつわものだった。

三十年分、歳を取った顔をしているニポーテは、出会った頃と変わらない姿をしているダンピールに、穏やかに微笑みかけた。

「かっぱ。お前が私に深い愛情を抱いてくれていることはわかっている。だがお前は一度も私に『ダンピールにならないか』とは言わなかった。これだけ二人でV案件に当たっているのだから、一度くらいわざと私をVの前に突き出すことくらいはできたはずだ。しかし」

「笑わせるね。そんなことをしても俺は死ねないんだよ。永遠に後悔しながら生きるくらいなら、単純に死ねないだけのほうがましだよ。それだけの話」

「理由はどうあれ、お前はそういうことをしなかった」

「…………」

「お前の気高さを、私は心から尊敬する」

「……やめてって言ってるのに」

「言いたいことは言いたい時に言っておくのが吉さ。いつ言えなくなるかわかったものじゃない」

「人間って生き物は図太いんだからなあ、もう……」

「ダンピールだって人間だろう。お前にも図太いところがあるのは知っているよ」

笑いながら、パオロは壁にかけられた巨大な買い物袋を取り上げ、ダイニングテーブルの上に下ろし、中からたまねぎやにんじんを取り出し始めた。安い下宿であるため、キッチンは共用である。料理を覚えつつあるかっぱは、日本からの語学留学生ということで、大家に好かれていた。

「夕食は何にしようか。パオロ特製の野菜スープでもこしらえてやろうか」

「……夕飯に、家に帰らなくていいの」

「今日は一日旧市街で過ごすと話してあるよ。久しぶりに一緒に食べようじゃないか」

「……ありがと」

「やれやれ。こんなことに礼を言われるのは変な気分だ」

パオロは調理場に持ってゆく野菜と、しまっておく野菜をとりわけて、持ってゆく野菜を再び袋に詰め始めた。作業をしながらかっぱに話しかけた。

「かっぱ、ガブリエーレは四歳だが、あと十年経《た》てば本当の十四歳で、二十年経てば二十四歳だ。お前といい友達になれそうだと思わないかい」

「本気で？　俺たちがいるのは怪現象と変死の世界だよ。『友達』に対する言葉とも思えない」

「だがお前だって私の『友達』だ。友達と友達が仲良くしてくれたら嬉しいと思うのは、自然なことじゃないかね」

かっぱは言葉を返さなかった。その時代、近い未来のことを考えるのは、パオロとの別れを考えることと同義だった。まだ受け入れられない、という意思表示をしたかっぱに、パオロは言葉を続けた。

「人は、自然と己の望む道に導かれてゆくものだ。もしガブリエーレの望む道の先に、お前の姿があるのなら、きっとお前たちはまた出会うだろう。もちろん出会わないかもしれない。それも運命だ。だが私は、『きっと』があると思うね」

「何故？　最近はまってる天気予報の後の占いに、そう出てた？」

「もちろん違う」

目が。

同じだったと。

パオロは語った。かっぱは首をかしげた。

「目をきらきらさせている時のお前と、ガブリエーレは、よく似ている」

「……俺は幼児じゃないんだけど」

「そんなことはわかりきっているよ。だが、三百年近い時を生きているお前にとって、年齢とは何だい？　これからも歳を取らないお前にとって、加齢や老化という言葉は似つかわしくない。楽しんでいる時のお前の目は子どものようだし、うちひしがれている時のお前は、百歳の老人のようにも見える。きっと時間というものは、人間の本質にはあまり関係がないいんだ。私はお前にいつも、チョコレートのジェラートを手に入れた時のガブリエーレのような顔をしていてほしい」

「……俺も同じことを願ってるよ」

「ええ？」

「ずっとパオロに、楽しそうな顔をしていてほしい。ずっと。ずっと」

「かっぱ、それは無理だ。私はそろそろ人生の折り返し地点を過ぎたところだよ。永遠には難しい」

「…………」

「だが今すぐ映画のエンドマークが出てくるというわけじゃない。一緒に楽しもう。楽しめる間は、楽しもう。それがイタリア人の粋《いき》というものだ。ロレンツォ豪華王も『バッカスとアリアドネの勝利』で言っている。『楽しみたい人は楽しみなさい、確かな明日はないのだから』とね」

「……豪華王には、さすがに会ったことがない」

「それはそうだ。五百年以上前の人だからね」

ははと笑ったパオロは、野菜を詰めた袋を手に、部屋を出て共用のキッチンへと向かった。かっぱも追いかけて手伝い、二人はテネブレもニポーテもダンピールも関係ない、ただの伯父《おじ》と甥《おい》のようなポジションを取り繕《つくろ》い、野菜スープを作った。

鍋からとりわけたスープを器《うつわ》によそい、部屋に戻ってきた時、パオロはもう一つ、と指を立てた。

「今度は何」

「頼みがあるんだ。ほかでもないお前に。スープはまだ熱すぎるだろう。少し話すくらいの暇はある」

「いいよ。君の頼みなら何でも」

パオロは少し寂しそうに微笑み、その後より深く、笑った。左右の頬に、くっきりと皺《しわ》を刻みながら。

「新しい友達を作ってくれ。お前は素晴らしい人間なんだ。お前と友達になれたことを喜ぶ相手は、たくさんいる」

「…………」

「約束してほしい」

それがどれほど難しいことか、わかっていないはずもない相手からの頼み事に、かっぱは瞳に力を込めた。それは本気で言っているんだよねと、迫るような眼差しだった。だがかっぱはこれまでに一度も、眼差しでパオロに勝てたことがなかった。

　枯れることのない優しさの泉を持つ相手に、かっぱは子どものように唇を尖《とが》らせ、渋々と答えた。

「……………努力はする」

「よかった。しかし、友達づくりに努力なんて必要ないさ。気づいた時にはそうなっているものだろう」

「俺にはそうでもないと思う」

「いや、そんなことはない」

「…………………」

「忘れないでくれ。お前はひとりじゃない」

「君がいてくれる限りはね」

「いや、私がいなくなっても同じだよ」

「……そろそろ食べよう」

「ああ、そうだね」

　そうして二人は、柔らかに煮込まれたトスカーナの野菜をふんだんに使った塩とコンソメ味のスープを、スプーンですくって黙々と食べた。

「──もしもし、聞こえる？　見える？」

『ああ、状態良好だぜ。そっちの姿もよく見える』

「当たり前だよ。このために新しいパソコンを買ったんだから」

『いや、カメラに映らないって可能性を考えそびれてたなと……』

「ダンピールは、カメラに、映ります。ちゃんと、映ります」

『悪かった』

　かっぱは新しく購入したラップトップに向かって話しかけていた。

　画面に映っているのは、普段着姿のガブリエーレである。バストアップの一枚画像になっていたが、画像は動いた。動画通話である。

　かっぱは感嘆のため息を漏らした。

「それにしても、すごい時代になったものだね。これは、録画じゃなくてリアルタイムなんでしょう？　一昔前だったら魔法か奇跡って言われたことが現実になってる」

『そっちの一昔前と、俺の一昔前の認識の齟齬《そご》はともかくとしてだ、便利なものは使わなきゃ損だからな。どうだ、調子は』

「ええ？　調子……？　うーん、悪くないよ」

『笑ってるぞ』

「それはそうだよ。楽しいから」

『……楽しい、って言ってるところを見られるのは、なかなか嬉しいな』

かっぱはふと、過去の出来事を思い出した。

遠い昔――と言えるほど過去のことではないものの、まだぼやけ始めていない記憶の中の、幼い少年の姿。パオロの笑顔。約束。

少し沈んだ顔をしたかっぱに、回線の向こうの相手は、どうした？　と声をかけた。

かっぱは顔を上げ、ガブリエーレの顔を見た。二十代の若者の顔には、微《かす》かに、四歳の頃の面影があったが、少年の抱えていた憂《うれ》いの影はなかった。

かっぱは笑った。

「……うまく説明できる気がしない。しないんだけど……」

『ああ』

「今、幸せな気分なんだ」

ガブリエーレはしばらく黙った後、何度か頷き、微笑み返した。あの子は本当に大人になってしまったんだなと、かっぱは少し、さびしい気持ちになった。さびしさの中には充足感が混じっていた。

ガブリエーレは軽く頭を振り、よし、と呟いた。

『じゃあ切るぞ』

「もう?」

『いいだろ、別に』

「……わかった」

『また連絡するよ』

「楽しみにしてる」

ガブリエーレは呆れたように笑い、手を振った。かっぱも振り返した。

回線は切れた。

黒くなった画面に、かっぱ自身の顔がうつっていた。

切ない気持ちでディスプレイを眺めていたかっぱは、部屋をノックする拳《こぶし》の音を聞き、どうぞ、と応じた。施錠《せじょう》はされていない。

入ってきたのはガブリエーレだった。

「よし、通信テストは大成功だな。まあ隣部屋からの通信だから、超遠距離になった場合はどうなるかわからんが」

「いまだに信じられないよ。ガビーは未来を生きてるね……」

「それを言うなら『俺たちは』だ。使いこなしていけよ、人生の先輩。これからもっと便利な機械が目白押しに出てくるんだからな」

「……スマホは使えるし……」

「スマホ以外のものも使えるようになってくれ」

数日間、ガブリエーレが頭を悩ませた末、これだと決めたＰＣが、かっぱのもとに届いたのが昨日。セットアップとインターネット接続を終わらせたのが今朝。

その末の、昼の通信テストだった。

かっぱは苦笑いしながらガブリエーレの顔を見つめた。

「でも、意外だった」

「何が」

「もっと寂しいものかと思ってたのに、画面越しの会話も、けっこう楽しいんだね」

「リアルタイムの相手の姿がわかることに変わりはないからな。だが、まあ、会えるうちは生身で会っておこうぜ」

「うん」

目の前に立つ青年の顔を、十秒ほど見つめ、相手が怪訝な顔をする頃合いに、かっぱは告げた。

「ありがとう」

ガブリエーレは少しだけ、眉をひそめた後、気の抜けた笑みを浮かべた。

「改まって言うようなことか？」

「言いたいことは、言えるうちに言っておいたほうがいいって、俺は思ってるから」

はっ、とガブリエーレは鼻を鳴らして笑った。

かっぱが首をかしげると、ガブリエーレは言った。

「そんなことは、これから何度だって言えるぞ」

「………」

「俺たちは若いからな。おっと、『俺は』若いだったな。失礼、失礼」

おどけた顔をするガブリエーレに、かっぱは満面の笑みを浮かべそうになった後、気を取り直して仏頂面を作った。

「同じことをあと二十年経ってから言ってごらん」

「アキレウスと亀の話をしてほしいのか？　どっちみち俺のほうが若いに決まってるだろ」

「何だか今日のガビーは腹が立つなあ」

「とか言いつつ、顔は笑ってるぞ」

「笑ってないよ」

「目は笑ってる」

「うるさいよ。じゃあどこかにお昼を食べに行こうか」

「そうだな。腹が減った。おい、ポール」

「ぷぎ！」

回線テスト中は静かにしているようにと言いつけられていたうりぼうは、嬉しそうにベッドの下から飛び出すと、ガブリエーレの足元にまとわりついた。食事にまつわる言葉はよく理解しているらしく、外食時に放っておくと拗《す》ねて暴れる。

しゃがみこみ、黒いペットに赤いリードをつけたガブリエーレが立ち上がった時、かっぱは帽子をかぶり、時計を腕につけたところだった。

「……それ、気に入ってくれて嬉しいよ」

「どこまでの衝撃に耐えられるか、今度全力で試してみるね」

「全力はやめろ。せめて一般人基準にしろ。じゃあ、行くか」

「うん」

二人と一匹は、並んでフィレンツェの街に繰り出した。

参考文献

『Il trionfo di Bacco e Arianna（poesia）』Wikipedia　抄訳　辻村七子

※この作品はフィクションです。実在の人物・団体・事件などにはいっさい関係ありません。

集英社オレンジ文庫をお買い上げいただき、ありがとうございます。
ご意見・ご感想をお待ちしております。

● あて先
〒101-8050　東京都千代田区一ツ橋2-5-10
集英社オレンジ文庫編集部 気付
辻村七子先生

忘れじのK

はじまりの生誕節

2021年12月22日　第1刷発行

著　者　辻村七子
発行者　北畠輝幸
発行所　株式会社集英社
〒101-8050東京都千代田区一ツ橋2-5-10
電話【編集部】03-3230-6352
【読者係】03-3230-6080
【販売部】03-3230-6393（書店専用）
印刷所　大日本印刷株式会社

ISBN 978-4-08-680423-3 C0193